双峰文丛

大河·不朽者

吉狄马加 著

山东画报出版社

自画像之一 2017·2·15 JDMj 甘告田村

自画像之二 2017.2.16 JDMj 猎田出

目 录

吉狄马加:世界多元文化的杰出产物 / 001

大　河
　　——献给黄河 / 006
不朽者 / 019

个人身份·群体声音·人类意识
——在剑桥大学国王学院徐志摩诗歌艺术节论坛上的演讲 / 082

在时代的天空下
——与阿多尼斯对话录 / 094

与拉茨·彼特对话录 / 144

吉狄马加：
世界多元文化的杰出产物

托马斯·温茨洛瓦/文　刘文飞/译

托马斯·温茨洛瓦（1937～　），立陶宛诗人、学者和翻译家，美国耶鲁大学斯拉夫语言文学系教授，与米沃什、布罗茨基并称"东欧文学三杰"，被称为"欧洲最伟大的在世诗人之一"。

千百年来，中国文学一直以十分独特的方式发展，几乎完全隔绝于西方的传统，造成这种情况的原因既有空间上的隔绝（长城是这种隔绝的标志），也有独特的社会结构的原因，以及很可能是首要的原因：象形文字的独特之处。另一方面，中华文化对其他远东文化有重要影响，而且经常是决定性的影响。中国文学发展孕育出的美妙果实就是发源于古代典籍的古代抒情诗。中华民族引以为傲的诗人，如：屈原、陶渊明、李白和杜甫，在世界文化之中的地位可与荷马、贺拉斯、彼得拉克相提并论。十七世纪以前，中国古典文学对于西方来说完全是陌生的。

在十九世纪，尤其是二十世纪，东西方都经历了大规模的对外开放：欧洲和美洲对中国兴趣浓厚，反之亦然。远东地区的诗歌开始影响世界现代文学，而西欧、美国、俄罗斯，甚至波兰的诗歌新潮流也渗透进中国文化，尽管这一过程总会带有不小的延迟。扰乱这一进程的不仅是文化之间巨大的差异，还有中国所经历的和在新时代正在经历的极其复杂、艰难的发展道路。今天，我们仍然荡舟于相互渗透的激流之中，吉狄马加的创作就证明了这一点。他是最著名的中国当代诗人之一，也是中国文化中辨识度最高的人物之一。

吉狄马加的诗与众不同，尽管它同时也是新时代世界文化的特色产物。他用中文创作，但却属于聚居在离越南和泰国不远的山区，人口八百万左右的彝族，或称诺苏族。这样一来，可以说，诗人又离我们的文化远了一层，但对欧洲读者来说他的诗却很容易理解。

彝族使用的语言属于藏缅语族，有着独立的文字系统。文化中保留着许多与万物有灵信仰有关的古老元素。直到现在，彝族人都尊崇萨满（毕摩），他们负责主持出生、婚礼和葬礼等仪式。他们崇拜山神、树神和石神，以及四大元素之神，即火、水、土和气。现在，学校里教授彝族的语言和文字，但并非一直如此。就像每个小民族一样，彝族不止一次感受到，而且可能仍然会感受到，他们的民族认同感和存在本身都受到威胁。

吉狄马加的导师是中国著名诗人艾青。他早年熟读中国古典文学和二十世纪文学,还有西方文学。然而他始终心系自己民族——彝族的文化及其原始迷人的、对世界各大洲人民来说全新的世界观的传承。他深切同情每一个命途多舛的民族,这对于许多欧洲人来说非常亲切。他的诗极具表现力,自由奔放,充满比喻,时常夸张化处理,属于后现代浪潮的"寻根文学"。吉狄马加在对民间艺术的痴迷中接近魔幻现实主义。他在作品中经常涉及欧洲、美国和非洲诗歌。读者很容易就能注意到作者的修辞风格与诗人巴勃罗·聂鲁达、奥克塔维奥·帕斯,以及"黑人精神"学派的关联性。在那里我们还能找到与多位中东欧诗人,从切斯拉夫·米沃什到戴珊卡·马克西莫维奇的作品之间的互文关系。诗人将这些与中国和远东的传统联系在一起,尤其与彝族远古神话传说相结合,得到了奇妙和出人意料的效果。

努力想理解我们这个时代的读者，能够在吉狄马加的诗中找到许多值得思考，能引起共鸣的东西。

大　河
——献给黄河①

在更高的地方，雪的反光

沉落于时间的深处，那是诸神的

圣殿，肃穆而整齐的合唱

回响在黄金一般隐匿的额骨

---

① 黄河，发源于青藏高原，中国第二大河，世界第五大河，全长约5464公里，在山东东营境内流入大海。

在这里被命名之前，没有内在的意义
只有诞生是唯一的死亡
只有死亡是无数的诞生

那时候，光明的使臣伫立在大地的中央
没有选择，纯洁的目光化为风的灰烬
当它被正式命名的时候，万物的节日
在众神的旷野之上，吹动着持续的元素
打开黎明之晨，一望无际的赭色疆域
鹰的翅膀闪闪发光，影子投向了大地
所有的先知都蹲在原初的那个入口
等待着加冕，在太阳和火焰的引领下
白色的河床，像一幅立体的图画
天空的祭坛升高，神祇的银河显现

那时候，声音循环于隐晦的哑然
惊醒了这片死去了但仍然活着的大海
勿须俯身匍匐也能隐约地听见
来自遥远并非空洞的永不疲倦的喧嚣

这是诸神先于创造的神圣的剧场
威名显赫的雪族十二子就出生在这里
它们的灵肉彼此相依,没有敌对杀戮

对生命的救赎不是从这里开始
当大地和雪山的影子覆盖头顶
哦大河,在你出现之前,都是空白
只有词语,才是绝对唯一的真理
在我们,他们,还有那些未知者的手中
盛开着渴望的铁才转向静止的花束
寒冷的虚空,白色的睡眠,倾斜的深渊
石头的鸟儿,另一张脸,无法平息的白昼

此时没有君王,只有吹拂的风,消失的火
还有宽阔,无限,荒凉,巨大的存在
谁是这里真正的主宰?那创造了一切的幻影
哦光,无处不在的光,才是至高无上的君王
是它将形而上的空气燃烧成了沙子
光是天空的脊柱,光是宇宙的长矛

哦光,光是光的心脏,光的巨石轻如羽毛
光倾泻在拱顶的上空,像一层失重的瀑布
当光出现的时候,太阳,星星,纯粹之物
都见证了一个伟大的仪式,哦光,因为你
在明净抽象的凝块上我第一次看见了水

从这里出发。巴颜喀拉①创造了你
想象吧,一滴水,循环往复的镜子
琥珀色的光明,进入了转瞬即逝的存在
远处凝固的冰,如同纯洁的处子
想象吧,是哪一滴水最先预言了结局?
并且最早敲响了那蓝色国度的水之门
幽暗的孕育,成熟的汁液,生殖的热力
当图腾的徽记,照亮了传说和鹰巢的空门
大地的胎盘,在吮吸,在颤栗,在聚拢
扎曲之水,卡日曲之水,约古宗列曲之水②

---

① 巴颜喀拉是黄河源头当地民族语一地名,意思是富饶的山之口。
② 扎曲、卡日曲、约古宗列曲,黄河源头三条最初源流的名字。

还有那些星罗棋布,蓝宝石一样的海子

这片白色的领地没有此岸和彼岸
只有水的思想——和花冠——爬上栅栏
每一次诞生,都是一次壮丽的分娩
如同一种启示,它能听见那遥远的回声
在这里只有石头,是没有形式的意志
它的内核散发着黑暗的密语和隐喻
哦只要有了高度,每一滴水都让我惊奇
千百条静脉畅饮着未知无色的甘露
羚羊的独语,雪豹的弧线,牛角的鸣响
在风暴的顶端,唤醒了沉睡的信使

哦大河,没有谁能为你命名
是因为你的颜色,说出了你的名字
你的手臂之上,生长着金黄的麦子
浮动的星群吹动着植物的气息
黄色的泥土,被揉捏成炫目的身体
舞蹈的男人和女人隐没于子夜

他们却又在彩陶上获得了永生
是水让他们的双手能触摸梦境
还是水让祭祀者抓住冰的火焰
在最初的曙光里,孩子,牲畜,炊烟
每一次睁开眼睛,神的面具都会显现

哦大河,在你的词语成为词语之前
你从没有把你的前世告诉我们
在你的词语成为词语之后
你也没有呈现出铜镜的反面
你的倾诉和呢喃,感动灵性的动物
渴望的嘴唇上缀满了杉树和蕨草
你是原始的母亲,曾经也是婴儿
群山护卫的摇篮见证了你的成长
神授的史诗,手持法器的钥匙
当你的秀发被黎明的风梳理
少女的身姿,牵引着众神的双目
那炫目的光芒让瞩望者失明
那是你的蓝色时代,无与伦比的美

宣告了真理就是另一种虚幻的存在
如果真的不知道你的少女时代
我们，他们，那些尊称你为母亲的人
就不配获得作为你后代子孙的资格
作为母亲的形象，你一直就站在那里
如同一块巨石，谁也不可以撼动

我们把你称为母亲，那黝黑的乳头
在无数的黄昏时分发出吱吱的声音
在那大地裸露的身躯之上，我们的节奏
就是波浪的节奏，就是水流的节奏
我们和种子在春天许下的亮晶晶的心愿
终会在秋天纯净的高空看见果实的图案
就在夜色来临之前，无边的倦意正在扩散
像回到栏圈的羊群，牛粪的火塘发出红光
这是自由的小路，从帐房到黄泥小屋
石头一样的梦，爬上了高高的瞭望台
那些孩子在皮袍下熟睡，树梢上的秋叶
吹动着月亮和星星在风中悬挂的灯盏

这是大陆高地梦境里超现实的延伸
万物的律动和呼吸,摇响了千万条琴弦

哦大河,在你沿岸的黄土深处
埋葬过英雄和智者,沉默的骨头
举起过正义的旗帜,掀起过愤怒的风暴
没有这一切,豪放,悲凉,忧伤的歌谣
就不会把生和死的誓言掷入暗火
那些皮肤一样的土墙倒塌了,新的土墙
又被另外的手垒起,祖先的精神不朽
穿过了千年还赶着牲口的旅人
见证了古老的死亡和并不新鲜的重生
在这片土地上,那些沉默寡言的人们
当暴风雨突然来临,正以从未有过的残酷
击打他们的头颅和家园最悲壮的时候
他们在这里成功地阻挡了凶恶的敌人
在传之后世并不久远的故事里,讲述者
就像在述说家传的闪着微光温暖的器皿

哦大河，你的语言胜过了黄金和宝石
你在诗人的舌尖上被神秘的力量触及
隐秘的文字，加速了赤裸的张力
在同样事物的背后，生成在本质之间
面对他们，那些将会不朽的吟诵者
无论是在千年之前还是在千年之后
那沉甸甸丰硕的果实都明亮如火
是你改变了自己存在于现实的形式
世上没有哪一条被诗神击中的河流
能像你一样成为了一部诗歌的正典
你用词语搭建的城池，至今也没有对手

当我们俯身于你，接纳你的盐和沙漏
看不见的手，穿过了微光闪现的针孔
是你重新发现并确立了最初的水
唯有母语的不确定能抵达清澈之地
或许，这就是东方文明至高点的冠冕
作为罗盘和磁铁最中心的红色部分
凭借包容异质的力量，打开铁的褶皱

在离你最近的地方，那些不同的族群
认同共生，对抗分离，守护传统
他们用不同的语言描述过你落日的辉煌
在那更远的地方，在更高的群山之巅
当自由的风从宇宙的最深处吹来
你将独自掀开自己金黄神圣的面具
好让自由的色彩编织未来的天幕
好让已经熄灭的灯盏被太阳点燃
好让受孕的子宫绽放出月桂的香气
好让一千个新的碾子和古旧的石磨
在那堆满麦子的广场发出隆隆的响声
好让那炉灶里的柴火越烧越旺
火光能长时间地映红农妇的脸庞

哦大河，你的两岸除了生长庄稼
还养育了一代又一代名不虚传的歌手
他们用不同的声调，唱出了这个世界
不用翻译，只要用心去聆听
就会被感动一千次一万次的歌谣

你让歌手遗忘了身份,也遗忘了自己
在这个星球上,你是东方的肚脐
你的血管里流淌着不同的血
但他们都是红色的,这个颜色只属于你
你不是一个人的记忆,你如果是——
也只能是成千上万个人的记忆
对!那是集体的记忆,一个民族的记忆

当你还是一滴水的时候,还是
胚胎中一粒微小的生命的时候
当你还是一种看不见的存在
不足以让我们发现你的时候
当你还只是一个词,仅仅是一个开头
并没有成为一部完整史诗的时候
哦大河,你听见过大海的呼唤吗?
同样,大海!你浩瀚,宽广,无边无际
自由的元素,就是你高贵的灵魂
作为正义的化身,捍卫生命和人的权利
我们的诗人才用不同的母语

毫不吝啬地用诗歌赞颂你的光荣
但是，大海，我也要在这里问你
当你涌动着永不停息的波浪，当宇宙的
黑洞，把暗物质的光束投向你的时候
当倦意随着潮水，巨大的黑暗和寂静
占据着多维度的时间与空间的时候
当白色的桅杆如一面面旗帜，就像
成千上万的海鸥在正午翻飞舞蹈的时候
哦大海！在这样的时刻，多么重要！
你是不是也呼唤过那最初的一滴水
是不是也听见了那天籁之乐的第一个音符
是不是也知道了创世者说出的第一个词！

这一切都有可能，因为这条河流
已经把它的全部隐秘和故事告诉了我们
它是现实的，就如同它滋养的这片大地
我们在它的岸边劳作歌唱，生生不息
一代又一代，迎接了诞生，平静的死亡
它恩赐予我们的幸福，安宁，快乐和达观

已经远远超过了它带给我们的悲伤和不幸
可以肯定，这条河流以它的坚韧，朴实和善良
给一个东方辉煌而又苦难深重的民族
传授了最独特的智慧以及作为人的尊严和道义
它是精神的，因为它岁岁年年
都会浮现在我们的梦境里，时时刻刻
都会潜入在我们的意识中，分分秒秒
都与我们的呼吸、心跳和生命在一起
哦大河！请允许我怀着最大的敬意
——把你早已闻名遐迩的名字
再一次深情地告诉这个世界：黄河！

2017年12月4日

不朽者

题词

黑夜里我是北斗七星,
白天又回到了部族的土地。
幸运让我抓住了燃烧的松明,
你看我把生和死都已照亮。

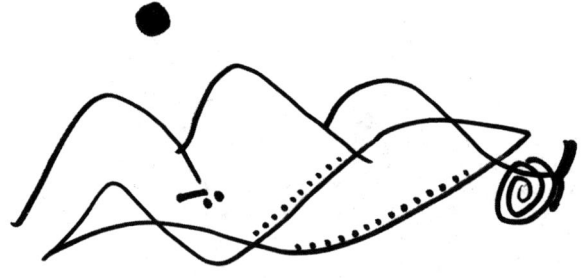

一

我握住了语言的盐,
犹如触电。

二

群山的合唱不是一切。
一把竹质的口弦,
在黑暗中低吟。

三

我没有抓住传统,
在我的身后。
我的身臂不够长,有一截是影子。

四

我无法擦掉,
牛皮碗中的一点污迹。
难怪有人从空中泼下大雨,
在把我冲洗。

五

挂在墙上的宝刀,
突然断裂了。
毕摩①告诉我,他能占卜凶吉,
却不能预言无常。

---

① 毕摩,彝族中的祭司和文字传承者。

六

我在口中念诵2的时候,
2并没有变成3;
但我念诵3的时候,
却出现了万物的幻象。

七

昨晚的篝火烧得很旺,
今天却是一堆灰烬,
如果一阵狂风吹过,
不会再有任何墨迹。

八

捡到玛瑙的是一个小孩,
在他放羊的途中。

他不知道自己是一个幸运者,
只梦见得到了一块荞饼。

九

我不是唯一的证人。
但我能听见三星堆①,
在面具的背后,有人发出
咝咝的声音,在叫我的名字。

十

我的身躯,
是火焰最后的一根柴,
如果点燃,你会看见,
它比别的柴火都要亮。

---

① 三星堆,中国西部一著名的文化遗址。

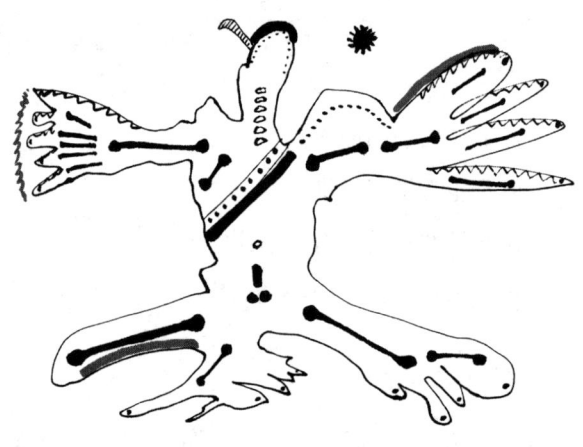

神鹰之子 2017.2.15 JDMj 井盐田1591

十一

失重的石头。
大雁的影子。
会浮现在歌谣里,像一滴泪
堵住喉头。

十二

死亡和分娩,
对诗人都是一个奇迹,
因为语言,他被放进了
不朽者的谱系。

十三

火焰灼烫我的时候,
无意识的一声喊叫,

竟然如此陌生。
我不知道,这是我的声音。

十四

那块石头,
我没有从地里捡走。
原谅我,无法确定明日,
我只拥有今天。

十五

我在竹笛和羊角之间。
是神授的语言,
让我咬住了大海的罗盘。

十六

我爬在神的背上,

本想告诉它一个谜。
但是我睡着了,
像一条晨曦中的鲑鱼。

十七

彝人的火塘。
世界的中心,一个巨大的圆。

十八

吉狄普夷①的一生,
都未离开过自己的村庄。
但他的每句话里,
却在讲述这个世界别的地方。

---

① 彝族部族中一个人的名字。

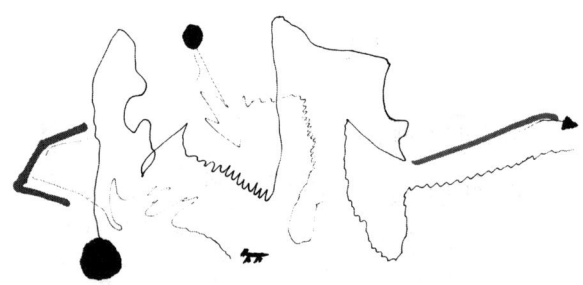

无题之一   2017.2.15   JDMj 签名印片

十九

鹰飞到了一个极限,
身体在最后一个瞬间毁灭。
它没有让我们看见,
一次无穷和虚无完整的过程。

二十

在天地之间,
我是一个圆点,当时间陷落,
我看见天空上
浮现出空无的胎记。

二十一

是谁占有了他的口腔,
让他的舌头唱得发麻。

这个歌者已经传了五十七代,
不知下一次会选择哪一个躯壳?

二十二

谁让群山在那里齐唱,
难道是英雄支呷阿鲁①?
不朽者横陈大地之上,
让我们把返程的缰绳攥紧。

二十三

银匠尔古②敲打着银子,
一只只蝴蝶在别的体内苏醒。
虽然他早已辞世不在人间,
但他的敲击还在叮当作响。

---

① 彝族传说中的创世英雄。
② 彝族历史上一位银匠的名字。

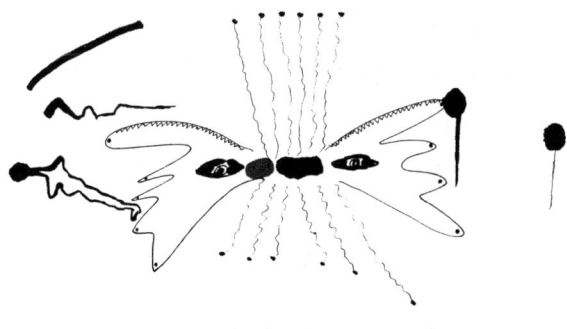

无题之二 2017.2.15 JDMj 串话日记

二十四

那只名字叫沙洛①的狗,
早已死亡,现在只是一个影子。
它被时间的锯齿,
割出了声音和血。

二十五

我们曾把人分成若干的等级。
这是历史的错误。但你能不能
把本不属于我的两件东西,
现在就拿走。

---

① 彝族历史上一只狗的名字。

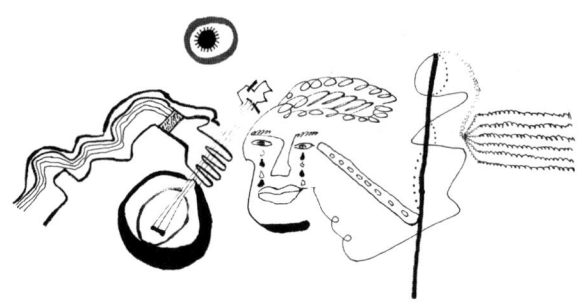

月琴与笛子　　2017.2.15　JDMj

二十六

我想念苦荞的时候,
嘴里却有毒品的滋味。
我拒绝毒品的时候,
眼前却有苦荞的幻影。

二十七

掘金者在那高原的深处,
挖出了一个巨大的矿坑。
这是罪证。但伤口缄默无语。

二十八

他们骑马巡视自己的领地,
就是在马背上手端一杯酒
也不会洒落下半滴。

而我们已经没有这种本事。

二十九

没有人敢耻笑我的祖辈。
因为从生到死,
他们的头颅和目光都在群山之上。

三十

拥有谚语和格言,
就是吞下了太阳和火焰。
德古①坐在火塘的上方,
他的语言让世界进入了透明。

---

① 彝族中智者和德高望重的人。

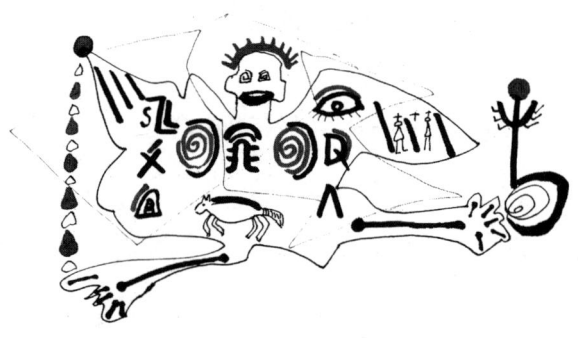

三十一

不是每一本遗忘在黑暗中的书,
都有一个词被光亮惊醒。
死亡的胜利,又擦肩而过。

三十二

吹拂的风在黑暗之上,
黑暗的浮板飘荡在风中,
只有光,唯一的存在,
能回到最初的时日。

三十三

寂静的群山,
只有天堂的反光,能让我们看见
雪的前世和今生。

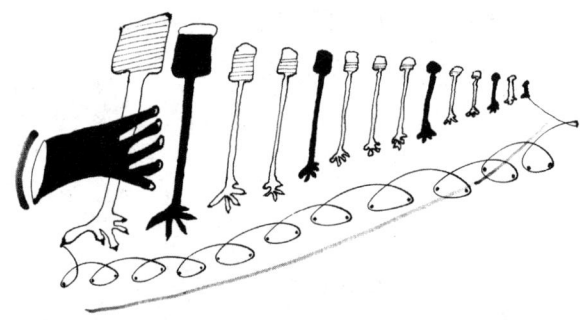

列队的鹰爪杯　　2017.2.15 JDMj 骨瓷田河

三十四

只有光能引领我们,
跨越深渊,长出翅膀,
成为神的使者。
据说光只给每个人一次机会。

三十五

我没有抓住时间的缰绳,
但我却幸运地骑上了光的马背。
额头是太阳的箭镞,命令我:
杀死了死亡!

三十六

永恒的存在,除了依附于
黑暗,就只能选择光。

但我知道,只有光能从穹顶的高处,
打开一扇未来的窗户。

三十七

从群山之巅出发,
难道无限可以一分为二。
不是咒语所能阻止,
谁能分开那无缝的一。

三十八

星座并非独自滑动,
寂静的银河神秘异常。
风吹动着永恒的黑暗,
紧闭的侧门也被风打开。

禹語者　2017. 2.15 JDMj 稻谷の日!)

三十九

巨石的上面:
星群的动与静,打开了手掌的纹路,
等待指令,返回最初的子宫。

四十

在大地上插上一根神枝,
遥远的星空就有一颗星熄灭。
那是谁的手?在插神枝。

四十一

母鸡一直啼鸣
还有野鸟停在了屋上。
明天的旅行是否还要启程?
我只听从公鸡的鸣叫。

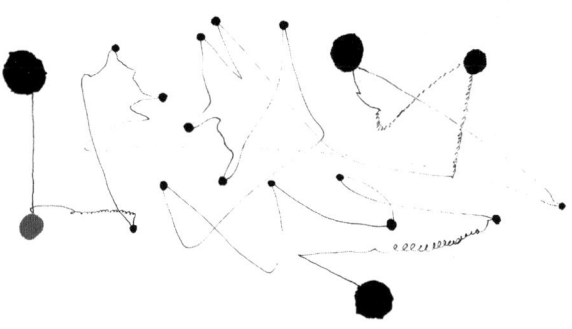

北斗七星的預言　2017.2.15　JDMj 梦岳田梦川

四十二

不能在室内备鞍，
那是一种禁忌。
我的骏马跃入了云层，
蹄子踩在了羽毛上。

四十三

阿什拉则①不是一个哑巴，
只是生性沉默。
是他独自在林中消遁，
创造了词语的乳房和钥匙。

---

① 彝族历史上一位著名的祭司和文字传承者。

不死的三魂 2017.2.15 JDMj 葉治平

四十四

据说我们放羊的地方,
牛羊看见的景色还是那样。
但见不到你的身影,
从此这里只留下荒凉。

四十五

谁碰落了草茎上那颗露水,
它在地上砸出了一个巨大的深坑。

四十六

我愿意为那群山而去赴死,
数千年来并非只有我一人。

附魂的草人 2017.2.15 JDMj 梦中画作

四十七

羊子被卖到远方,
魂魄在今夜还会回到栏圈。
我扔出去的那块石头,
再没有一点回声。

四十八

黄蜂在山岩上歌唱,
不能辜负了金色的阳光。
明年同样美好的时辰,
只有雏鹰在这里筑巢。

四十九

那匹独角马日行千里,
但今天它却待在马厩里。

只有它的四蹄还在奔跑,
这是另一种游戏。

五十

我是世界的一个榫头,
没有我,宇宙的脊椎会发出
吱呀的声响。

五十一

金黄的四只老虎,
让地球在脚下转动。
我在一条大河的旁边成眠,
潜入了老虎的一根胡须。

五十二

因为你,时间让河流

获得了静止和不朽。
它的名字叫底坡夷莫①，
没有波澜，高贵而深沉。

五十三

我们是雪族十二子，
六种植物和六种动物。
诸神见证过我们。但唯有人
杀死过我们其中的兄弟。

五十四

山中细细的竖笛，
彝人隐秘的脊柱。
吹响生命，也吹响死亡。

---

① 底坡夷莫，彝族群山腹地一条著名的河流，常被用来形容女性。

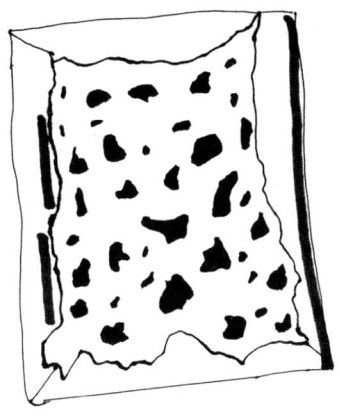

牛皮上記憶的殘片　JDMj 習作田4 2017.2.15

五十五

阿什拉则和吉狄马加,
有时候是同一个人。
他们的声音,来自于群山的合唱。

五十六

欢乐是死亡的另一种胜利,
没有仪式,就没法证明。

五十七

我是吉狄·略且·马加拉格,
切开了血管。
请你先向我开枪,然后我再。
但愿你能打中我的心脏。

神靈的力量 2017.2.15 JDMJ 郭田俐

五十八

这里有血亲复仇的传统,
当群山的影子覆盖。
为父辈们欠下的命债哭号,
我的诗只颂扬自由和爱情。

五十九

不要依赖手中的缰绳,
矮种马是你忠实的伙伴。
是的,凭借虚无的存在,
它最终也能抵达火的土地。

六十

款待客人是我们的美德,
锅庄里的柴火照亮了屋顶。

快传递今天皮碗里的美酒,
明天的火焰留下的仍然是灰烬。

六十一

沙马乌芝①是一个最好的
琴手,她的一生就是为了弹奏。
据说她死去的那天,
琴弦独自断在风中。

六十二

院子里的那只小猫,
不知道生命的荒诞。
它在玩弄一只老鼠,
让现实具有了意义。

---

① 沙马乌芝,彝族民间一位著名的月琴手。

六十三

祭司在人鬼之间,
搭起了白色的梯子。
举着更高的烟火,
传递着隔界的消息。

六十四

我梦见妈妈正用马勺,
从金黄的河流里舀出蜂蜜。
灿烂的阳光和风,
吹乱了妈妈的头发。

六十五

饮过鹰爪杯的嘴唇,
已经无法算清。

我们是世界的匆匆过客，
今天它又有了新的主人。

六十六

我试图用手中的网，
去网住沉重的时间。
但最终被我网住的，
却是真实的虚无。

六十七

你的意识不进入这片语言的疆域，
你的快马就不可能抵达词的中心。

六十八

我要去没有城墙的城市。
并非我们双腿和心灵缺少自由。

背皮盾的人 2017.2.15 JDMj 猎首团h

六十九

不是你发现了我。
我一直在这里。

七十

传说是狗的尾巴捎来了一粒谷种,
否则不会有山下那成片的梯田。
据说这次你带来的是偶然,
而不是争论不休的巧合。

七十一

我没有被钉在想象的黑板上,
不是我侥幸逃脱。
而是阿什拉则问我的时候,
我能如实地回答。

七十二

妇人背水木桶里游着小鱼,
屋后养鸡鸡重十二斤。
曾是炊烟不断的祖居地,
但如今它只存活于幽暗的词语。

七十三

我虽喜欢黑红黄三种颜色,
很多时候,白色也是我的最爱。
但还是黑色,
更接近我的灵魂。

七十四

一条金色的河流,穿过了未来,
平静,从容,舒缓,没有声音。

它覆盖梦的时候,也覆盖了泪水。

七十五

我要回去,但我回不去
正因为回不去,才要回去。

七十六

我要到撒拉底坡①去,
在那里耍七天七夜。
在这七天七夜,我爱所有的人,
但只有一人是我的唯一。

七十七

彝谚说,粮食中的苦荞最大,

---

① 撒拉底坡,水草丰盛的牧羊之地。

昨天我还吃过苦荞。
但我的妈妈已经衰老，
还有谁见过她少女时的模样？

七十八

我不会在这光明和黑暗的时代，
停止对太阳的歌唱，
因为我的诗都受孕于光。

七十九

时间在刀尖上舞蹈，
只有光能刺向未来。

八十

格言在酒樽中复活，
每一句都有火焰的滋味。

唱史诗的人 2017.2.15 JDMj

八十一

我钻进世界的缝隙,
只有光能让我看见死去的事物。

八十二

失去了属于我的马鞍,
我只能用灵魂的翅膀飞翔。

八十三

我的母语在黑暗里哭泣,
它的翅膀穿越了黎明的针孔。

八十四

我在火焰和冰雪之间徘徊,

这个瞬间无异于已经死亡。

八十五

光明和黑暗统治世界,
时光的交替不可更改。
只有死亡的长风传来密令,
它们是一对孪生的姐妹。

八十六

那是消失的英雄时代,
诸神和勇士都在巡视群山。
沉静的天空寂寥深远,
只有尊严战胜了死亡和时间。

八十七

我不会在别处向这个世界诀别,

只能在群山的怀抱，时间在黎明。
当火焰覆盖我的身体，
我会让一只鸟告诉你们。

八十八

我不会给这个世界留下咒语，
因为人类间的杀戮还没有停止。
我只能把头俯向尘土，
向你耳语：忘记仇恨。

八十九

当整个人类绝望的时候，
我们不能绝望。
因为我们是人类。

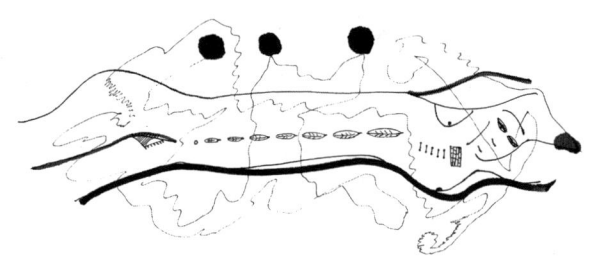

呷玛阿妞　　2017.2.15 JDMj

九十

我的声音背后还有声音。
那是成千上万的人的声音。
是他们合成了一个人的声音。
我的声音。

九十一

直到有一天这个世界
认同了我的价值,
黑暗才会穿过伤口,
让自己也成为光明的一个部分。

穿裙装的妈妈 2017.2.16 JDMj 开启田润ill

九十二

真理坐在不远的地方
望着我们。阿格索祖①也在那里。
当我们接近它的时候,
谬误也坐在了旁边。

九十三

我从某一个时日醒来,
看见九黄星值守着天宇。
不是八卦都能预言人的吉凶,
诗歌只赞颂日月永恒的运行。

---

① 阿格索祖,彝族历史上著名的祭司和智者。

九十四

我不知道布鲁洛则山①在哪里,
如同不知道天空中的风变幻的方向。
在漆黑的房里,透过火塘的微光,
我似乎第一次看到了生命真实的存在。

九十五

从一开始就不是为自己而活着,
所以我敢将一把虚拟的匕首,
事先插入了心中。

九十六

我的心灵布满了伤痕,
却用微笑面对这个世界。

---

① 布鲁洛则山,彝区一座著名的山脉,据说在云南境内。

如果真的能穿过时间的缝隙,
或许还能找到幸运的钥匙。

九十七

在那片树林里有一只鸽子,
它一直想飞过那紫色的山尖。
唯一担心的是鹞鹰的突然出现,
生与死在空中留下了一个偌大的空白。

九十八

降生时妈妈曾用净水为我洗浴,
诀别人世还有谁能为我洗去污垢。
这个美好而肮脏的世界,
像一滴水转瞬即逝。

妈妈和姐妹们　2017.2.16 JDMj

九十九

虎豹走过山林,花纹
在身后熠熠生辉。
我拒绝了一个词的宴请,
但却接受了一万句克哲①的约会。

一〇〇

拥着马鞍而眠,
词语的马蹄铁发出清脆的响声。
但屋外的原野却一片空寂。

---

① 克哲,彝族一种古老的诗歌对答形式。

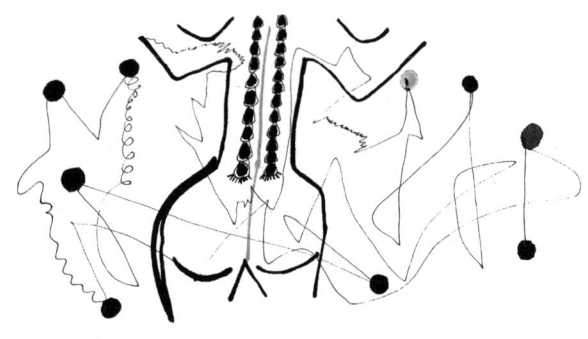

黑色的辫子　　2017.2.25 JDMj 梦笛田心

一〇一

头上的穹顶三百六十度,
吹动着永恒的清气和浊气。
生的门和死的门,都由它们掌管。
别人只能旁观。

一〇二

从瓦板房的缝隙,
能看见灿烂浩瀚的星空。
不知星群的上面是屋顶还是晨曦。
这是一个难题,也是另一个或许。

一〇三

世界上的万物有生有灭,
始终打开的是生和死的门户。

我与别人一样,死后留下三魂①,
但我有一魂会世代吟唱诗歌。

---

① 三魂,彝人认为人死后有三魂,一魂留火葬处;一魂被供奉;一魂被送到祖先的最后归宿地。

个人身份·群体声音·人类意识
——在剑桥大学国王学院徐志摩诗歌艺术节论坛上的演讲

十分高兴能来到这里与诸位交流,这对于我来说是一件十分荣幸的事。

虽然当下这个世界被称为全球化的世界,网络基本上覆盖了整个地球,资本的流动也到了几乎每一个国家,就是今天看来十分偏僻的地方,也很难不受到外界最直接的影响,但这样我们就能简单地下一个结论,认为人类之间的沟通和交流比历史上的其他时候都更好吗？很显然，在这里我说的是一种更为整体的和谐与境况，而沟通和交流的实质是要让不同种族、不同宗教、不同阶层、不同价值观的群体以及个人，能通过某种方式来解决共同面临的问题，但目前的情况却与我们的愿望和期待形成了令人不安的差距。

进入二十一世纪后的人类社会，伴随着科技和技术革命所取得的一个又一个重大的胜利，但与此同时出现的，就是极端宗教势力的形成，以及在全世界许多地方都能看见的民族主义的盛行，各种带有很强排他性的狭隘思想和主张被传播，恐怖事件发生的频率也越来越高。即便英国这样一个倡导尊重不同信仰、多元文化的国家，也不能避免遭到恐怖袭击，2017年以来已经发生了四起袭击，虽然这一年还没有过去，但已经是遭到恐怖袭击最多的一年。

正因为这些新情况的出现，我才认为必须就人类不同种族、不同宗教、不同阶层、不同价值观群体的对话与磋商建立更为有效的渠道和机制。毫无疑问,这是一项艰巨而十分棘手的工作。这不仅仅是政治家们的任务,同样也是当下人类社会任何一个有良知和有责任心的人应该去做的。是的,你们一定会问,我们作为诗人在今天的现实面前应当发挥什么作用呢?这也正是我想告诉诸位的。很长一段时间以来,有人怀疑诗歌这一人类最古老的艺术形式,是否还能存在并延续下去。事实已经证明,这种怀疑完全是多余的。因为持这种观点的人大多秉持技术逻辑思维,他们只相信凡是新的东西就必然会替代老的东西,而从根本上忽视了人类心灵世界对那些具有恒久性质并能满足精神需求的艺术的依赖。毋庸置疑,诗歌就在其中。无须讳言,今天的资本世界和技术逻辑对人类精神空间的占领可以说无孔不入,诗歌很多时候处于社会生活的边缘地带,可是任何事物的发展总有其两面性,所谓物极必反讲的就是这个道理。令人欣慰的是,正当人类在许多方面出现对抗,或者说出现潜在对抗的时候,诗歌却奇迹般地成了人类精神和心灵间进行沟通的最隐秘的方式。诗歌不负无数美好善良心灵的期望,跨越不同的语言和国度进入了另一个本不属于自己的空间,在那个空间里,无论是东方的诗人还是西方的诗人,无论是犹太教诗人还是穆斯林诗人,总能在诗歌所构建的人类精神和理想的世界中找到知音和共鸣。

创办于2007年的中国青海湖国际诗歌节,在近十年的过程中给我们提供了许多弥足珍贵的经验和启示。有近千名各国诗人到过那里,大家就许多共同关心的话题展开了自由的讨论。在那样一种祥和真诚的氛围中,我们深切体会到了诗歌本身所具有的强大力量。

我有幸应邀出席过哥伦比亚麦德林国际诗歌节,在那里,我看到了诗歌在公众生活和严重对立的社会中所起到的重要作用。在长达半个多世纪的哥伦比亚内战中,数十万人死于战火,无数村镇生灵涂炭,只有诗歌寸步未曾离弃过他们。如果你看见数千人不畏惧暴力和恐怖,在广场上静静地聆听诗人们的朗诵,尤其是当你知道他们中的一些人，徒步几十里来到这里就是为了热爱诗歌，作为一个诗人，在这样的时刻，难道你不会为诗歌依然在为人类迈向明天提供信心和勇气而自豪吗？回答当然是肯定的。

诸位，我这样说绝没有试图拔高诗歌的作用。从世俗和功利的角度来看，诗歌的作用更是极为有限的，它不能直接解决人类面临的饥饿和物质匮缺，比如肯尼亚现在就面临着这样的问题；同样它也不能立竿见影地让交战的双方停止战争，今天叙利亚悲惨的境地就是一个例证。但是无论我们怎样看待诗歌，它并不是在今天才成为我们生命中不可分割的部分，它已经伴随我们走过了人类有精神创造以来的全部的历史。

诗歌虽然具有其自身的特点和属性，但写作者不可能离开滋养他的文化对他的影响，特别是在这样一个全球化的背景下，同质化成为一种不可抗拒的趋势。诚然，诗歌本身所包含的因素并不单一，甚至在形而上的哲学层面上，它更被看重的还应该是其最终抵达的核心，以及语言创造给我们所提供的无限可能,因而,诗歌的价值就在于它所达到的精神高度,就在于它在象征和隐喻的背后传递给我们的最为神秘的气息。真正的诗歌要在内容和修辞诸方面都成为无懈可击的典范。撇开这些前提和要素,诗人的文化身份以及对于身份本身的认同,对许多诗人而言,似乎已经成了外部世界对他们的认证,因为没有一个诗人是抽象意义上的诗人,即便保罗·策兰那样的诗人,尽管他的一生都主要用德语写作,但他在精神归属上还是把自己划入了犹太文化传统的范畴。

当然任何一个卓越诗人的在场写作,都不可能将这一切图解成概念进入诗中。作为一个有着古老文化传统的彝族的诗人,从我开始认识这个世界,我的民族独特的生活方式以及精神文化就无处不在地深刻影响着我。彝族不仅在中国是最古老的民族之一,就是放在世界民族之林中,可以肯定也是一个极为古老的民族。我们有明确记载的两千多年的文字史。彝文的稳定性同样在世界文字史上令人瞩目,直到今天这一古老的文字还在被传承使用。我们的先人曾创造过光辉灿烂的历法——"十月太阳历"。对火和太阳神的崇拜,让我们这个生活在中国西南部群山之中的民族,除了内心的深沉如同山中静默的岩石,还具有火一般的热情。我们还是这个人类大家庭中保留创世史诗最多的民族之一,《勒俄特依》《阿细的先基》《梅葛》《查姆》等,抒情长诗《我的幺表妹》《呷玛阿妞》等,可以说就是放在世界诗歌史上也堪称艺术经典。浩如烟海的民间诗歌,将我们每一个族人都养育成了与生俱来的说唱人。毫无疑问,一个诗人能承接如此丰厚的思想和艺术遗产,其幸运是可想而知的。彝族是一个相信万物有灵的民族,对祖先和英雄的崇拜,使知道他的历史和原有社会结构的人会不由自主地联想到荷马时代的古希腊,或者说斯巴达克时代的生活情形。近一二百年彝族社会的特殊形态,一直奇迹般地保存着希腊贵族社会的遗风,这一情形直到二十世纪五十年代才发生了改变。

诗人的写作是否背靠着一种强大的文化传统，在他的背后是否耸立着一种更为广阔的精神背景，我以为对他的写作将起到至关重要的作用。正因为如此，所有真正从事写作的人都明白一个道理：诗人不是普通的匠人，他们所继承的并不是一般意义上的技艺，而是一种只能从精神源头才能获取的更为神奇的东西。在彝族的传统社会中，并不存在对单一神的崇拜，而是执着地坚信万物都有灵魂。彝族的毕摩是连接人类世界和神灵世界的媒介，也就是萨满教中的萨满，直到今天，他们依然承担着祭祀驱鬼的任务。需要说明的是，当下的彝族社会已经发生了很大的变化，在其社会意识以及精神领域中，许多外来的东西和固有的东西都一并存在着。彝族也像这个世界上许多古老的民族一样，正在经历一个前所未有的现代化的过程，这其中所隐含的博弈和冲突，特别是如何坚守自身的文化传统以及生活方式，已经成了一个十分紧迫而必须要面对的问题。

我说这些你们就会知道，为什么文化身份对一些诗人是如此重要。如果说不同的诗人承担着不同的任务和使命，有时候并非他们自身的选择。我并不是一个文化决定论者，但文化和传统对有的诗人的影响的确是具有决定意义的。在中外诗歌史上，这样的诗人不胜枚举。二十世纪爱尔兰伟大诗人威廉·巴特勒·叶芝、被誉为巴勒斯坦骄子的伟大诗人马哈茂德·达尔维什等，他们的全部写作以及作为诗人的形象，很大程度上已经成为一个民族的精神标识和符号。如果从更深远的文化意义上看，他们的存在和写作整体呈现的更是一个民族幽深厚重的心灵史。最为可贵的是，这样一些杰出的天才诗人，他们从来就不是为某种事先预设的所谓社会意义而写作，他们的作品所彰显的现实性完全是作品自身诗性品质的自然流露。作为一个正在经历急剧变革的民族的诗人，我一直把威廉·巴特勒·叶芝、巴勃罗·聂鲁达、塞萨尔·巴列霍、马哈茂德·达尔维什等人视为我的楷模和榜样。在诗人这样一个特殊的家族中，每一个诗人都是独立的个体存在，但这些诗人中间总有几个是比较接近的，当然这仅仅是从类型的角度而言，因为从本质上讲，每一个诗人个体就是他自己，谁也无法代替他人，每一个诗人的写作其实都是他个人生命体验和精神历程的结晶。

彝族是一个有近九百万人口的世居民族，我们的先人数千年来就迁徙游牧在中国西南部广袤的群山之中，那里山峦绵延，江河纵横密布，这片土地上的自然遗产和文化精神遗产，是构筑这个民族独特价值体系的基础，我承认我诗歌写作的精神坐标，都建立在我所熟悉的这个文化之上。成为这个民族的诗人也许是某种宿命的选择，但我更把它视为一种崇高的责任和使命。作为诗人个体发出的声音，应该永远是个人性的，它必须始终保持独立鲜明的立场，但是一个置身于时代，并敢于搏击生活激流的诗人，不能不关注人类的命运和大多数人的生存状况，从他发出的个体声音的背后，我们应该听到的是群体和声的回响，我以为只有这样，诗人个体的声音，才会更富有魅力，才会更有让他者所认同的价值。远的不用说，与二十世纪中叶许多伟大的诗人相比较，今天的诗人无论是在精神格局，还是在见证时代生活方面，都显得日趋式微。这其中有诗人自身的原因，也有社会生存环境被解构，更加碎片化的因素。当下的诗人最缺少的还是荷尔德林式的，对形而上的精神星空的叩问和烛照。具有深刻的人类意识，一直是评价一个诗人是否具有道德高度的重要尺码。

朋友们，我是第一次踏上英国的土地，也是第一次来到闻名于世的剑桥大学，但是从我开始阅读到今天，珀西·比希·雪莱、乔治·戈登·拜伦、威廉·莎士比亚、伊丽莎白·芭蕾特·布朗宁、弗吉尼亚·伍尔芙、狄兰·托马斯、威斯坦·休·奥登、谢默斯·希尼，等等，都成了我阅读精神史上不可分割并永远感怀的部分。最后，请允许我借此机会向伟大的英语世界的文学源头致敬，因为这一语言所形成的悠久的文学传统，毫无疑问已经成为这个世界文学格局中最让人着迷的一个部分。谢谢大家。

2017年7月29日

在时代的天空下

——与阿多尼斯对话录

时间：2018年9月28日下午
地点：中国作家协会鲁迅文学院（芍药居校区）
翻译：薛庆国（北京外国语大学阿拉伯语教授、翻译家）
录音整理：薛庆国、盛一杰

阿多尼斯，原名阿里·艾哈迈德·赛义德·伊斯伯尔，1930年出生于叙利亚北部农村。毕业于大马士革大学哲学系，后在贝鲁特圣约瑟大学获文学博士。

阿多尼斯迄今共创作了五十余部作品，包括诗集、文学与文化评论、散文、译著等。阿多尼斯不仅是当今阿拉伯世界最重要的诗人、思想家、文学理论家，也在世界诗坛享有盛誉。评论家认为，阿多尼斯对阿拉伯诗歌的影响，可以同庞德或艾略特对于英语诗歌的影响相提并论。阿多尼斯对阿拉伯政治、社会与文化的深刻反思，也在阿拉伯文化界产生了广泛影响。

阿多尼斯屡获各种国际文学大奖，如土耳其希克梅特文学奖、黎巴嫩国家诗歌奖、马其顿金冠诗歌奖、意大利诺尼诺奖、法国让·马里奥外国文学奖、挪威比昂松奖、德国歌德文学奖、美国笔会/纳博科夫文学奖、中国青海湖国际诗歌节金藏羚羊奖、上海国际诗歌节金玉兰奖，等等。近年来，他还一直是诺贝尔文学奖的热门人选。

阿多尼斯：首先，很高兴今天有机会跟你作这个对话。我不久前读了一些被译成法语的你的诗作，非常欣赏。我想先提一个可能我们共同关注的问题,就是意识形态和诗歌的关系问题。二十世纪后半叶以来,我们阿拉伯世界经历了很多事情,包括巴勒斯坦的斗争,左翼政党的兴起,还发生了多起政变。许多人的梦想是让阿拉伯世界变得更好。对于如何理解诗和意识形态的关系,人们有不同想法。我对这个问题一直持保留意见。现在,半个多世纪过去了,我们发现:几十年来阿拉伯人经历了那么多的悲剧,进行了那么艰苦的斗争,也曾有过许多理想和牺牲,但直接书写这些命题的诗歌,却没有一首称得上伟大。为什么?在我看来,原因在于诗歌被当作一种工具,为政治和意识形态服务。虽然斗争事业本身是伟大的,但是诗歌被当作工具以后,就失去了应有的价值。对此不知道你怎么看。

吉狄马加:应该这样说,二十世纪本身就是一个政治革命和社会革命的时代。进入二十世纪以来,整个世界的诗歌也折射出了政治和革命的影响,许多诗人的写作都表现出了明显的意识形态性,特别是一些积极参与社会革命的重要诗人，其意识形态性或许就表现得更强。当然这种意识形态性，对于一些杰出的诗人而言只是他们诗中的一种潜在的政治诉求。这种意识形态性无论是表现为冷战时期的左派思维，还是二十世纪初期的那种激烈的革命思维，体现在那个时代一些伟大诗人的身上时，其政治理想都被融入了他们的创造和写作，他们的诗歌同样表现出了极具鲜明个性的艺术特征。比如希腊诗人扬·尼佐斯、土耳其诗人希特梅克，当然也包括后来名扬世界的意大利诗人、导演帕索里尼等。我认为他们都在自己的创作中，极为艺术化地处理好了诗和政治、意识形态的关系。我个人始终认为，在这样一个政治、社会和诗歌密不可分的时代，一个诗人要简单地回避或者逃避意识形态是不太可能的，特别是那些具有整体人类观的诗人。我以为一个时代伟大的诗人，首先要做到的是，不能使自己的诗歌仅仅是一种不具有人类普遍意义的形而下的书写，而是要将个人生命经验与人类意义更有机地结合在一起。从整体格局，哪怕是重新回到文本上来看，我们与二十世纪那些伟大的诗人相比较，在精神气度上，在全球视野上，在承担政治和道义责任上，都有着明显的差距。

我记得法国诗人路易·阿拉贡在评价马雅可夫斯基时曾说过这样一句话：是这个人教会了我如何让诗歌真正进入公众和人民。当然我这样说，并没有否认诗歌在精神和美学上的独立价值。我认为让诗歌和社会发生更广泛的联系，在任何时代都是必要的。不过需要声明的是，必须通过诗人创造性地转化，最终我们看到的必须是真正意义上的诗歌，这些诗歌毫无疑问都是诗人忠实于他的心灵和灵魂而结出的动人的硕果。

阿多尼斯： 好的。我提问是想了解你的观点，你刚才提到的几位诗人我也很熟悉，那这个话题到此为止。我想提的第二个问题，是关于人民这个概念。我们在阿拉伯世界一直被这个概念所困扰。人民到底是指什么？指的是某个特定阶层的人，还是不同阶层、不同观念的人的总和？在阿拉伯社会所有的统治者眼里，只有拥护政权的这部分人才是人民，而反对政权的那部分人，是要受到另眼看待的。你对这个问题怎么看？

吉狄马加：我想对人民这样一个概念，在社会政治层面上很多时候是一个政治术语，但我更希望把人民看成是一个一个独立的个体存在，而这种个体存在如果用一个比喻来说的话，就像沙漠中的一粒沙，它是独立存在的，或者说是大海中的一滴水，从某种意义上而言，它也是独立存在的。在现实中或许有人会问，站在我们对面的那个人，他是人民吗？或者说当一粒沙吹过我们身边的时候，你能说那粒沙就是沙漠吗？我不想用不同阶层、不同观念的人的总和来判定人民，既然它是一个政治术语，那对人民的解释就会有不同的结果。我还是想从诗人的角度，或者从更广义的、更社会性的角度来看这个问题，所以我把人民看成是一个一个独立存在的个体，实际上就是在强调人的价值以及人民这个词所包含的更丰富的内涵，我曾就我所理解的人民写过一首诗，这首诗的题目就叫《没有名字的人》。

阿多尼斯：我一直认为诗人不仅仅是写诗，诗人更重要的是创造一个完整的世界，给出属于自己的世界观。请问，你对世界、对人有怎么样的看法？什么是你的世界观？

吉狄马加：从本质上讲，我不是一个怀疑论者，因为我始终对人存有希望，对这个世界也充满了期待。但不可否认的是，当我回顾人类的历史，特别是目睹当下人类面临的困难，其实我的心情永远是喜忧参半的。人类对自身、对别的生物以及大自然所犯下的罪过举不胜举，而人类只能靠自我救赎来获得新生。

今天的人类进入了二十一世纪，虽然在科技和技术上又有了很大的发展，产生了许多改变我们生活方式的发明，但同时也出现了许多足以让我们身临险境的危情。难怪早在二十世纪六十年代，伟大的意大利诗人蒙塔莱就曾经说过这样的话，很多时候人类虽然在某个阶段取得了科学和技术的巨大进步，但是如果去考察这些所谓的进步所带来的负面影响，也就是说把这种进步和负面影响放在更长远的历史空间来考量的话，其结果是既没有进步也没有倒退。

我认为诗人应该创造两个世界，当然这两个世界是相互关联的，有时候甚至是密不可分的，一个世界就是诗人用词语构筑的世界，另一个世界就是诗人通过自己的精神创造，试图去实现的理想世界。作为诗人，我相信诗歌的作用不仅仅存在于诗歌本身，它还应该为构建人类的道德和精神高度发挥作用，特别是在今天这个还充满着不公正和暴力的世界上，诗人应该与一切有损于人的尊严和权利的行为做坚决的斗争。

我还记得前几年在北京我们见面的时候，我曾经向你提过一个问题，就是如何看待当时叙利亚的政治走向和残酷的战争状况，你当时的分析和预言与现在的情况非常相似，叙利亚的现状就是世界各大政治、宗教和军事势力博弈的结果，而饱受战争蹂躏的则是四处流亡的叙利亚人民。现在，叙利亚西北部省份伊德利卜又成了世界关注的焦点。你刚才问我对人有什么看法，对人类有什么看法，我想说的是，叙利亚就是一个最好的例证。

在人类的历史上，邪恶与良善从来就没有离开过我们，而这种邪恶和良善今后还会继续伴随着我们。我以为人类只有最大限度地减少人性中恶的东西，不断地对自身进行救赎和警醒，才可能有一个让我们期待的未来。伟大的人道主义者、哲学家罗素就对人类的未来发出过类似的呼吁，尽管人类漫长的历史血迹斑斑，但人类构建的古老文明和思想智慧，仍然是我们通向明天的最重要的精神基石，对此我深信不疑。

阿多尼斯：好的。我再问一个问题，怎样看待诗歌和思想的关系？在我们阿拉伯文化中，主流的诗学总是将诗歌和思想分开。但是从世界范围来看，我们认为没有一个大诗人不是一个伟大的思想家。你怎么看待诗歌和思想的关系？

吉狄马加：我想诗歌不仅仅是语言和修辞的问题，当然也不仅仅是诗歌写作的技术和形式问题。如果只单纯从语言和修辞的角度看待诗歌,当然可以说诗歌本身和思想没有太直接的关系。但正如你所言,每一个写诗的人其实都是有思想的,特别是那些大诗人,无一例外都是真正意义上的思想家。只有那些真正具有思想的伟大诗人,才能让诗歌具有真正的精神高度。不过思想和诗歌永远是一个既矛盾又融合的整体,思想只能有机地融入诗歌的体内,而不是用概念去代替诗歌以及语言的特质,否则思想对于诗歌而言就将是一种危害,有时候甚至是灾难性的;如果思想能成为诗歌的精神和灵魂,并将深化其形而上的精神高度,那么思想对诗歌就是一种强大的内在的支撑,这种支撑会让诗歌在更大的维度上获得更大的张力。将思想转化成诗歌的修辞和形式本身,其实是对诗人的考验,因为诗歌对思想的艺术呈现,永远不可能是直接的、简单的,甚至是不被打碎的。我理解诗歌呈现的思想,只能是思想的影子,或者说只能是被打碎后的思想。真正高明的诗人和经典的诗歌,对思想的呈现一定是经过重构后的另一种思想,这种思想或许是清晰的，或许是模糊的，所有这一切都将是诗歌在呈现思想时的一种新的创造。总之，诗歌呈现思想的过程，很多时候都是非理性的、非逻辑性的，否则，诗歌就将丧失其最重要的、最神秘的美学特征。诗歌对思想的表达是最复杂的，是语言和修辞的重构。有时候诗人天赋的高低，也会在表达思想方面显现出来，天才的诗人对思想的表达常常是深藏不露的，所以才说许多伟大的诗人也是伟大的思想家，但是我们不能说伟大的思想家一定是伟大的诗人。

另外我还想说的是，一个纯粹只为修辞而修辞的诗人，肯定不会是一个大诗人。在今天，这样的诗人并不在少数。或许他们在修辞和语言上有许多让我们称道的地方，但他们的写作都离灵魂和心灵太远，也可以说他们的作品没有什么思想。真正的大诗人应该是在思想和诗歌形式上都有创见的诗人。阿多尼斯先生，你本身就是一个最好的例子，我以为从这两个方面来要求你，你都是一个合格的大诗人。首先你是一个真正意上的思想家，你对阿拉伯思想史的研究，以及你对当今世界形势的审视和判断，都是一个思想家才可能做出的具有高度的解析；你的诗歌在形式和修辞上的创新，也给我们提供了难得的范例。所以我要说，你是一个思想家，又是一个好诗人。

阿多尼斯：据我所知，马克思主义进入中国，意味着中国政治、社会发展出现了一个重要转折点。那么，我想知道的是：马克思主义进入中国以后，中国的文学创作有没有出现这么一个转折点？

吉狄马加：应该这样说，从二十世纪初开始，中国社会就在发生着剧烈的动荡。你知道中国是一个有着数千年封建历史的国家，结束封建帝制是一个必然的选择和结果。清朝晚期，中国已逐步沦为一个半封建半殖民地的国家，发生一系列的社会革命也是当时的现实。中国社会将走向何处？中国本土原有的保守力量以及外来的各种政治思想实际上都进行过激烈的博弈和碰撞。可以说，后来的中国发生的一系列社会变革都与外来思想的传播有关，这其中当然也包括马克思主义在中国的传播。中国有过大规模的资产阶级革命，但是，它并没有真正解决中国社会存在的贫富差距的问题，特别是占中国人口绝大多数的农民的问题。正因为马克思主义在中国的传播，实现社会主义才在中国成为一种被普遍接受的社会理想。我认为中国选择社会主义并不是一个偶然，它是有其深厚的社会根源的。我想马克思主义的传播不仅仅对中国这样的国家有深刻的影响，对二十世纪许多被殖民的民族和国家的影响也都是极为深刻的。马克思主义指导下的社会主义运动可以说是二十世纪影响最大的历史事件。现在，在拉丁美洲，这一思想所带来的社会运动仍然在持续中。当然，中国的情况与他们的情况在很多地方也是有差别的。毫无疑问，马克思主义在中国的传播当然会影响到中国现当代文学的发展，特别是对一部分重要作家的影响更为明显，这就如同二十世纪上半叶的那些重要的西方作家、诗人，诸如阿拉贡、艾吕雅、马雅可夫斯基、聂鲁达、布莱希特，等等，他们后来都成了马克思主义者，并参与了世界性的社会主义运动。在中国也是这样，许多左翼作家也都受到了马克思主义的影响，这其中就包括鲁迅、郭沫若、茅盾、丁玲、艾青等一大批作家。当然，在二十世纪初，整个西学渐进的过程中，中国作家受外来思想的影响也是复杂的、多方面的，鲁迅就受到了尼采思想的影响，当时无政府主义思想在中国也有一定市场，巴金在很长一段时间里也是巴枯宁、克鲁泡特金的追随者。特别是在反封建反殖民的过程中，有一大批作家实际上也参与了轰轰烈烈的社会革命，他们好多人都到了共产党的根据地延安，许多人的写作都体现出鲜明的追求社会变革的理想。当然，二十世纪二三十年代那一代作家，实际上在接受外来文化影响方面同样是复杂的，有一部分偏向右翼的作家就选择了完全不同的写作方向；同样也有部分作家并不具有鲜明的政治色彩，但是他们也不可避免地会受到社会变革的影响。尤其是社会主义最后在中国的成功,也为马克思主义在中国的传播提供了重要的条件,可以说马克思主义对中国现当代文学的影响是巨大的,也是直接的。在这个方面最突出的表现就是作家、诗人与劳动群众的关系更加紧密,他们的写作和生活也成了这一社会历史变革不可分割的一部分。

马克思主义在中国的传播,不仅改变了中国的历史进程,甚至也改变了世界的历史进程。现在这方面的学术研究著作很多,但是从中国社会的发展和历史变革的总体来看,马克思主义对二十世纪的中国社会——当然包括文学——的影响都是巨大的。

当然,就这个话题我还可以多说几句。二十世纪,马克思主义不仅仅对中国,对许多争取国家独立和民族解放的国家影响也是很大的。当然每一种思想的传播在不同的国家也是复杂的,所谓马克思主义在不同国家的本土化也产生了不同的情况。中国是一个有着悠久历史文化传统的国家，其儒家文明的历史长达数千年，独特的伦理思想以及文化精神价值体系，都是与这个世界上许多国家和民族不同的，中华文化的包容性和吸纳力，我以为也是这个世界上少有的。在马克思主义中国化的过程中，也并不是都是成功的，这其中也有深刻的教训。马克思历来强调的是人的全面的发展，马克思主义不是一种教条，真正的马克思主义其实质是人道的马克思主义。

阿多尼斯：如果我们问哲学家，哲学创造了什么？哲学家可能说他们创造了概念；如果我们问科学家，科学创造了什么？答案可能是科学创造了一些功能，包括改变社会的功能；如果我问诗人吉狄马加，诗歌创造了什么，你的答案是什么？

吉狄马加：是的，正如阿多尼斯先生你说的那样，哲学家是在创造概念。实际上任何一种哲学都在试图揭示生命和自然的规律。哲学是形而上在思辨上的一种推理，或者说是一种精神现象的逻辑关系。我想没有一个哲学家不在这种推理中使用概念。德国哲学家康德对精神现象的揭示，实际上就是对概念的一种最极致的使用。当然，哲学在很多时候是接近于诗的，特别是对宇宙和生命的终极探索，但它终究也还不是我们定义上的诗。任何科学都有其实用功能。科学的创造以及它所产生的成果都是能被具体检验的，科学创造之所以是科学的，最重要的一个特点就是它的每一个环节都能往回推演。科学有时候也会以概念和数据来表现，但这种概念和哲学上的概念是有着明显的区别的。科学家当然会给这个世界的创造赋予特殊的功能，我们今天所享受的物质成果其实就是科学的成果。科学作为一种探索和研究事物的手段是没有穷尽的，可是科学家为我们提供的成果永远是可感知的功能性的东西。诗人不是一般意义上的哲学家，但是伟大的诗人都应该具有哲学思维的禀赋和特质；诗人同样不是科学家，但是他的作品在某些时候也并非都是非理性的产物。我认为诗人最重要的特质，是通过语言和修辞所构筑的世界，为我们提供一个更让人充满期待的悬念。诗人必须通过诗歌也就是通过语言，来揭示事物背后的真相。诗人呈现的永远不是我们眼前固化的现实，而是现实背后被打碎的影子，这些被打碎的影子有时是清晰的，有时是模糊的。诗人没有别的工具，他的工具就是语言和词语，语言和词语可以创造一切可能。但并不能得出这样一个结论，即诗人的技艺只能停留在语言和修辞上，最伟大的诗人还必须去探索生命和死亡的意义。我以为生活在现实大地的诗人，还有一个重要的任务，就是通过诗歌赋予现实应有的意义。我想这也是一种创造，这种创造不仅仅是诗人作为一个精神劳动者的责任，同样也是作为一个人的责任，否则，我们的生活和现实都将是荒诞的，没有意义的，也正因为此，诗人是这个世界和未来最具有预言性的祭司和英雄。

阿多尼斯：我最后还有两个问题。首先，作为诗人，人们肯定会注意他写作的风格。对于你的诗歌来说，你是在诗歌的语言之内创造了一种新的语言呢？还是沿用别人经常使用的语言？或许我可以对这个问题作进一步阐释。我读阿拉伯诗歌史上那些伟大的诗作时会发现，虽然我读的是阿拉伯语，但是仿佛我在阿拉伯语里面发现了一种外语。读中国的诗歌，会不会让人产生不同于传统汉语的那种语言感觉？或者说，你认为中国伟大的诗篇的特征是什么？

吉狄马加：没有一个诗人敢这样说，他所使用的语言都是前人没有使用过，我想就修辞和词语的使用也是这样，每一个诗人都会创造一些语言，或者说都会在语言中进行自己的冒险和创造。我生活在两种语言中，汉语和彝语都是我的母语，正因为游走在两种语言的交汇处，我会从两种语言的源头吸取我所需要的养分。我是用汉语在写诗，但是越往后走，我越能发现彝语中最神秘的部分，开始给我的诗歌带来意想不到的惊奇。比如我去年写的长诗《不朽者》，其实就是对彝族哲学观、自然观和生命观的一种诗性呈现，这些无论在形式上还是语言上都称得上独特的表述，都与彝语幽深的源头有着最隐秘的联系。可以说我希望我诗歌的语言既能闪现古老神秘的光泽，又是我在创造中获得的新的语言的奇迹。我想阿多尼斯先生一定会赞成我的看法，有的语言的创造并不是在设想中获得的，而是在神奇的创造中偶然得到的。西班牙伟大诗人洛尔迦有一个观点我就极为拥护，他认为诗人在创造时，其身体和思想都是具有灵性的，自从我到了洛尔迦的格拉纳达，才对他的诗歌有了一个更新的、更深入的认识。就某种意义而言，洛尔迦的《吉卜赛谣曲》和《深歌》都是在这种状态下创作的。只要诗人活着并还有创造力，他就会一生与语言和词语结下不解之缘，特别是具有创造力的诗人，每一首诗的写作都在追寻和力图获得新的语言的成功，当然也包括创造新的艺术形式。诚然，对新的语言的创造，对每一个诗人来说都是极为艰难的。就像我在上面说到的那样，作为一个彝族诗人，我是用汉语在写作，我以为两种语言带给我的思维方式上的交叉和冲突，其实也为我提供了在语言创造上的一种新的可能。中国汉语新诗的写作已有近百年的历史，少数民族诗人用汉语的写作，实际上是对汉语语言在更高层面上的一种丰富和加入，这种情况不仅仅在汉语中存在，同样在英语、法语和西班牙语中存在。

我个人还认为，在诗歌的写作过程中，创造一种新的诗歌语言始终是诗人追求的目标，有的甚至就是在语言中进行单向的实验，比如二十世纪初俄罗斯未来主义的主将赫列·勃列科夫，他的诗歌已成为最难翻译的作品。诗人如何创造一种新的诗歌语言，就我个人而言，选择一种既能表达自己的思想，同时又能让语言获得更大空间的可能，一直是我努力和追求的方向，就创造而言，这种追求没有开始也没有结束，它永远都在充满未知的路上。

根据我的阅读经验（当然我都是阅读翻译作品），那些伟大诗人的作品同样会给我带来新奇的感觉，除了翻译本身就是一种创造外，每一次阅读其实都是阅读者对文本的又一次创造，接受美学对阅读就是一种创造的定义,直到今天我也认为是颠扑不破的真理。就这一点来看,无论你是读自身母语的经典作品,还是读外来的翻译作品,最大的相同之处就是,每一个阅读者都会对他所阅读的作品进行想象和补充,这就如同阿多尼斯先生刚才所说的那样,阅读总会给自己带来一种全新的感受。有些对语言特殊的感受,不仅仅在诗人的母语中,即使被翻译成了另一种语言,这种感觉依然会十分强烈。比如我们读被翻译成汉语的秘鲁诗人塞萨尔·巴列霍的诗歌作品,除了能感受到他在语言上强烈的冲击力之外,并不会感觉到这是一个外国人在写诗,而更像是我的一个同胞兄长在写诗,我们在精神上就如同对孪生兄弟,他的饥饿、悲伤和愤怒,在阅读时毫无疑问已经成为我身体和精神不可分割的部分。我在一篇文章中曾经看到这样的内容,智利诗人巴勃罗·聂鲁达在接受美国诗人勃莱的一次采访时说,他认为塞萨尔·巴列霍这样拐弯抹角地表达他的思想是否与他印第安人的思维习惯有关系，但是我从来不这么认为，我在读他的作品时更多的感觉是他在用一种隐晦的方式表达一种更具有力量的东西，正因为他的表达永远不是直接的而是间接的，也正因为有这一种特殊的表达，那些隐匿性的修辞和表述才会产生另外一种难以言说的效果。我曾写过一首诗，名字叫《诗歌的起源》，其实就是想表达这样一个意思，就语言的创造而言，我们永远无法给它设置任何所谓的前提，因为任何一次伟大的艺术创造，其结果都是未知的，但是一旦获得了这种结果，它就会给我们带来既是精神的又是肉体的双重震撼。

阿多尼斯：你很幸运，能在两种语言之间游离。最后一个问题：现在我们身处的二十一世纪，是一个发生巨变的时代，写作也发生了爆炸性的巨变，让人感觉人人都在写诗，或从事艺术创作，这跟过去有很大的不同。在过去，人们只知道几个大作家，佐拉、雨果、巴尔扎克等。现在每年有一千多部作品问世，这是一种全新的局面，东西方都一样，其中也有大作家，更有大量的二三流作家。我的问题是，在二三流作家、艺术家充斥社会的情况下，文学和艺术创作还有什么意义？或者，二三流作家们存在的意义是什么？

吉狄马加：这就是当前的现实，不管我们高兴还是不高兴，我们都无法改变这种现状，从更积极的方面来看，我们还必须理性地正视这种现状。这种情况不仅仅在文学领域，在其他领域也同样存在。正如人们所说的那样，这是一个全球化的时代，尤其是网络的出现，实际上已经彻底改变了我们的生活方式。我不想在这里对网络的优劣作简单的评判。实际上，还有很多新事物也都出现在了我们面前，比如人工智能，比如基因工程，比如生物工程，等等，有的已经给未来的人类是否突破伦理底线、突破整体的安全提出了需要严肃对待的问题。当然，这是双刃剑，人类今天面临的问题不是小问题，我认为更长远地看，都是一些生死攸关的问题。

阿多尼斯先生说到了写作的问题，我以为在

网络时代,每个人都是写作者,只要愿意写,就可以通过网络来传播自己的文字,因为网络无法设置门槛。据不完全统计,中国的网络上有几百万写作者,无法统计网络上每年到底有多少长篇小说问世,每年在中国出版的纸质长篇小说就达九千余部,我不敢设想全世界一年出版的长篇小说是多大一个数目,毫无疑问这肯定是一个天文数字。不用我说,这其中称得上三流作家和四流作家的也一定是少数,那种公认的一流作家,我想在任何时代都是极少数,你所说的佐拉、雨果、巴尔扎克,即便在十九世纪,也是人类精神塔尖上凤毛麟角的人物。我想说的是,虽然今天写作者的基数比过去大了几倍,几十倍,甚至几百倍,但真正能站在人类思想和精神高处的巨人与过去相比明显少了。即便与二十世纪上半叶相比较,我们今天的作家和诗人在精神格局上也不能和那个时期的大师巨匠相比拟,这其中有诗人也有小说家,他们个人的生命经历和那个时代最终形成的是交相辉映的一部历史,而我们现在很难看到这样的作家和诗人,即便有也是为数不多的。"时势造英雄"这句话并非是错误的,它并非浅显地说明了一个时代与个体的关系,但是我相信任何一个时代都会产生与之相对应的历史性人物。

我还想说的是,无论是十九世纪还是以后的若干个世纪,人类在精神和文学上的巨人永远是屈指可数的少数,但是我们不能没有一个评判这些巨人的标准和价值体系,我以为这才是最重要的。这个标准和价值体系并不是今天才有的,它与人类文明的发展是紧密联系在一起的。最可怕的是,我们消解和毁灭了这个标准。我认为越是在物质主义至上的今天,我们越应该肯定和坚守这种标准。需要说明的是,肯定和坚守这种标准,与任何人是否能进行写作没有直接的关系,我想任何人进行写作都是他的权利,但是肯定和坚守一种标准对构建人类普遍认同的价值标准将永远是富有意义的。

有人会问,谁来确定这样的标准呢?事实

上，数千年的人类文明史已经告诉了我们，那些我们所尊崇的人类精神文化遗产已经为我们树立了光辉的榜样。远的不用说，二十世纪以来的文学经典已经用它们不朽的品质证明了这种价值和标准。同样，历史和时间对一切精神创造的筛选更为严酷和公正，我认为对这个问题我们无需忧虑，我相信在任何时代人类创造的具有经典意义的思想遗产，都会或早或迟地完整地交给我们的后代。对任何一个正在跋涉并迈向人类精神高地的人，我们都应该向他们致敬，因为一个文明、健康、公正和理性的世界，缺少了这样的精神引领者都将是不完美的。

阿多尼斯：你的回答很有深度，我很受启发，非常感谢。

吉狄马加：我也想借这个宝贵的机会，向阿多尼斯先生提几个问题。我非常关注叙利亚的局势，尤其是关注叙利亚人民当前的处境。我昨天从新闻中看到，伊得利卜已经成了交战的焦点，不知道这场战争是否能早日结束。记得在三年前我们曾有过一次短暂的对话，你在那次对话中曾经预测过叙利亚的形势，今天看来，你的预测基本上已经成了现实，叙利亚的问题不仅仅是叙利亚的问题，的确是多种力量包括外部力量作用的结果。就在我们今天交谈的这个时刻，叙利亚人民仍然在流离失所，仍然在炮火之中，说实在的，我不太相信那些具有不同国际背景的政治评论员对于对叙利亚当前形势的判断，我想听听你作为一个叙利亚思想家和诗人对当前形势的看法，因为今天这个被炮火和硝烟覆盖的国家是你的祖国，你有着别人没有的切肤之痛，尤其是你保持了一个诗人的独立立场。总之，我想知道，你对未来的叙利亚命运有怎样一种预测，同样，你对未来的叙利亚有什么期许？

阿多尼斯：如果我一直在叙利亚国内，经历或参与了这些事件，也许更容易作一个预测。但是正如你所知，我一向不赞成叙利亚政府的一些政策，包括内政和外交政策，但同时我也把叙利亚的政权和人民区分开来。政权是政权，人民是人民，我更在意的是叙利亚这个国家。另外，如果说叙利亚发生的是一场真正的革命，有其明确的纲领和目标，那么，对前景的预测也会更简单一些。但是，从一开始到现在，叙利亚发生的不是革命，而是外部势力企图毁坏作为阿拉伯国家战略和文明核心之一的叙利亚。有些势力试图摧毁叙利亚，今天看来，他们的企图并没有失败，但是也没有成功。问题仍然十分复杂，在地区层面，有两股势力比较深地卷入了叙利亚事务，一个是土耳其，一个是以色列，这两个国家希望叙利亚解体，在这一点上他们有一致性。很多人认为战争进行了这么多年，前景会越来越明朗，但是在我看来，问题甚至更复杂了，结局有多种可能性，我现在很难预测。

但是我可以确信，以色列和土耳其这两个国家，对于谁来主导叙利亚分裂解体之后的利益分配，是有着巨大分歧的。很可能最终占上风的是以色列。为什么呢？因为以色列的背后有西方。

在我看来，今天中东的冲突和西方更大的图谋有关系。西方，尤其是美国，想让中东成为受西方控制的、通往远东的通途，或者是通向远东的门户。而在远东，美国和西方主要针对的是中国。令人遗憾的是，部分阿拉伯人，尤其是海湾石油富国，正在帮助西方做这样的事情。我一向反对各种形式的宗教政权，但是美国现在的意图很明显，就是想利用叙利亚危机来摧毁伊朗政权，这样可以把整个中东变成通往远东的通途。所以，我认为不能孤立地看待叙利亚危机。

吉狄马加：我对阿多尼斯先生的判断是很赞成的。当前叙利亚的问题，实际上是很多政治势力博弈的结果，所以要在近期解决叙利亚问题，我觉得确实是一件比较困难的事情，因为有许多不确定性。

从目前的情况看，我认为有个别的西方国家并不希望中东有一个和平的环境，因为只有利用这种不和平的环境才能实现他们的利益。现在已经看得很清楚了，利比亚战争以及后来的伊拉克战争，实际上都是国际政治、经济、军事利益博弈的结果。叙利亚问题实际上牵涉到以色列的利益、土耳其的利益，当然还有伊朗的利益，在以色列的背后站着的是整个西方世界，特别是美国。阿多尼斯先生，作为一个具有独立立场的思想家和诗人，我记得你在很多场合都说过这样一句话，就是在很多方面你并不讨人喜欢。在面对西方的时候，你一直是一个反对西方文化中心主义的东方智者；在面对阿萨德政权的时候，你是一个反对专制和极权主义的斗士；在面对宗教激进主义的时候，你又是一个反对极端民族主义和极端宗教势力的先行者，所以说在很多时候，你都是一个有着众多敌人的人。正因为对你的命运以及叙利亚、阿拉伯人民命运的关注，我曾经写过一首诗献给你，题目就叫《流亡者》。我一直有这样一个愿望，就是叙利亚的问题应该由叙利亚人民自己来解决，但是现在看起来似乎是我的一厢情愿。叙利亚目前的处境会让任何一个具有人道情怀的人忧虑重重，我想你作为一个阿拉伯人,你的感受将会比我们更为沉重。

阿多尼斯: 我要补充一点,就是我作为阿拉伯人,实际上深受一个悖论的困扰,我想我们阿拉伯很多人都有类似的苦恼。一方面,我坚决反对美国的外交政策,因为美国是建立在对印第安人的种族清洗基础上的,更不用说美国现当代霸权主义政治的丑恶。但与此同时,我也反对建立在宗教基础上的政权。比如说在巴勒斯坦问题上,我们看到巴勒斯坦人跟印第安人一样,他们的权利、生命,甚至巴勒斯坦这个国家正在一步一步被剥夺、蚕食。无疑,哈马斯也是巴勒斯坦的一部分,所以我一方面支持、声援哈马斯及其所代表的人民的权利,另一方面又反对具有宗教性质的哈马斯政权。也就是说,假如有一天哈马斯宣告获得了胜利,我会第一时间宣布我反对哈马斯,尽管我现在支持他们的合法权利。我既同情他们、支持他们的合法权利,同时又反对他们的许多理念,这是一个悖论。

另外,在叙利亚问题上,我曾经希望叙利亚

政府能够进行深刻的改革,希望第一个改革举措就是宣布叙利亚是一个政教分开的公民国家,作为个体的国民有权信仰自己的宗教,但是作为政权的国家应该跟宗教没有关系。但至今叙利亚政府都没有进行这样的改革,在某种程度上,今天的叙利亚向着更加保守的宗教观念回归,这是很可悲的。还有一个问题,就是以色列在中东以犹太教的名义所做的一切,都得到了美国的支持,而阿拉伯人、哈马斯和伊朗以宗教的名义所做的一切,却又遭到美国的反对,这又是一个悖论。它充分反映了美国的虚伪。

吉狄马加: 叙利亚问题和阿拉伯问题之所以这么复杂,正如你所言,都是外部世界干预的结果,许多旧的问题还没有解决,新的问题又出现了,有的是国内的问题,有的是国际的问题,有的是宗教问题,有的是地缘政治问题,有的是实际的经济利益问题。今天的叙利亚问题,是许多复杂问题叠加在一起形成的,再加上许多国家,特别是一些在中东有着直接利益的国家,持双重标准甚至几重标准,在这样的现实面前,我们每一个关注叙利亚人民命运的人对当前的形势忧心忡忡,充满痛苦和忧虑。

说到这里,我还想问你一个问题,就是冷战结束之后,美国政治学家亨廷顿曾经提出过文明冲突论,根据这几年的情况,我并不认为这个判断是正确的,因为我们看到的仍然是国家间利益的博弈要远远超过所谓文化的冲突。德国思想家哈贝马斯认为,所谓文明冲突论只是一个臆想和虚拟的假设,我个人认为任何一个伟大的文明延续到今天,都有强大的包容力和消化力,否则就不会具有活力和生命力,我想这无论对于东方文明还是西方文明,无论对于伊斯兰文明还是基督教文明,无论对于儒教文明还是印度文明,都是适用的。那些所谓的极端宗教主义、极端民族主义的东西,应该说都是我们这个时代和人类的敌人,这些反人类的极端的行为,都不能成为我们得出人类不同文明在进行对抗的理由。我想就所谓的文明和文化冲突的问题问问阿多尼斯先生，你是如何从更大的文化背景上看待这个问题的？

阿多尼斯：要讨论这个问题，我认为首先应该避免简单化，应该看到，西方有多个层面的西方，而东方也是有多个层面的东方。

其次，纵观历史，我们从没有发现中国的诗人和阿拉伯的诗人或西方的诗人，中国的艺术家、西方的艺术家或阿拉伯的艺术家，发生过冲突。在文学艺术创作的领域里，全世界的诗人、艺术家们都超越了自己的种族、宗教、国别，和谐地生活在一个文化创造的大花园里。冲突都是为了谋求政治、经济的利益；当然宗教的冲突，尤其是三大宗教的冲突在历史上，乃至现在也一直存在。令人遗憾的是，今天我们所见到的西方，是被政治和经济所主导的西方，甚至西方的文化也沦为了为政治、经济和军事扩张服务的工具，所以这是西方文化的一个倒退。当然，在东方也不同程度地存在这个问题。文明冲突这个概念，我不赞成。因为每个文明的身份都是由这一文明伟大的创造者确定的，在文明层面上、在创作层面上，并不存在冲突；冲突的是军事、政治和经济。军事、政治和经济能代表文明吗？并不能。所以文明冲突的说法是一种政治说辞。在西方政客的眼里，东方人，尤其是阿拉伯人的生命是没有意义的，为了达到西方人的目的，再多的生命死去也并不可惜、并不重要。

吉狄马加：我完全认同阿多尼斯先生的判断，从文学的角度而言，就像阿多尼斯先生说的那样，真正伟大的作家都能超越那些狭隘和偏见，甚至他们并不需要宗教就能拯救自己，从而在精神上解决生命终极以及死亡恐惧所带来的一系列问题。我以为整个人类都应该开展真正的对话，并且应该在这方面做出一些创造性的贡献，其实这也是我们开展这么多国际性交流和对话的目的和初衷，这也就是我们唯一的使命和光荣的任务。

还是回到诗歌本身吧。我想问一个或许你经常会被问到的问题，就是有关阿拉伯现代诗歌的发展情况。我注意到在阿拉伯现代诗歌的发展过程中，受外来诗歌的影响也是比较明显的，特别是西方诗歌的影响就更加突出。在此之前，我通过翻译也阅读了一些阿拉伯现代诗歌作品，比如说赛亚卜的许多诗歌，给我留下了极为深刻的印象，我认为他在诗歌的本土性和现代性的结合这方面，做出了重要贡献，他是我十分热爱的为数不多的卓越诗人之一。对此，我想问一下阿多尼斯先生，你认为本土性和现代性是不是我们当下诗人仍然面临的一个问题，这些问题绝不是一个单独孤立的存在，因为对本土性和现代性的认识，仍然需要我们在具体的创作中加以升华和提升。

阿多尼斯：全球化现象使得本土化和现代性、世界性的关系变得更为复杂，它给人们造成一种误解：如果一个诗人的诗歌没有被翻译成外语，尤其是西方语言，这位诗人就没有价值，这种看法当然是错误的。在我看来，没有本土性就不会有世界意义。一个诗人就像一棵树，必须深扎在自己的本土，即属于他的文化土壤；但同时，树枝、树叶都是向着四面开放的，以吸收外来的空气和阳光，没有空气阳光，这棵树就不能够茁壮成长。有些人过分强调国际化，有些人过分强调本土化，这在我看来都不健康。你刚才提到赛亚卜，赛亚卜就是将本土化和国际化结合得最好的一位诗人，在他身上，本土化和国际化结合，造就出和谐而深刻的诗歌实践。我和赛亚卜是非常好的朋友，曾经一起为阿拉伯新诗的发展奋斗过。在阿拉伯世界，还有一些诗人在本土化和国际化的结合方面做得比较好，但是无论如何，赛亚卜是他们之中最出色的一个。除了赛亚卜以外，达尔维什晚期的作品在这方面也做得很好。

吉狄马加：阿多尼斯先生刚才所说的意见十分宝贵，特别是对达尔维什的评价就十分中肯，达尔维什晚期的巅峰之作长诗《壁画》，让我阅读之后深受震撼。这个版本也是薛庆国先生翻译的。达尔维什早期的诗歌基本上都是抗议性的，当然它们也是极为优秀的,但是从人类精神高度的向度上看,《壁画》所能达到的高度是令人称奇的。我个人认为后期的那一系列诗歌,使他毫无悬念地成为二十世纪后半叶最伟大的诗人之一。

阿多尼斯:达尔维什后期的诗歌,能够把巴勒斯坦事业的悲剧性和属于全人类的普世的悲剧性,用一种非常出色的诗歌语言加以连贯、融合,我认为这是其后期诗歌最重要的特点。

吉狄马加:说到这里我还是想问一下,因为阿多尼斯先生你也知道,中国现代诗歌的历史和写作,除了继承自身的诗歌传统之外,当然也受到了很多外来诗歌的影响,特别是西方诗歌的影响,在一个阶段,俄罗斯诗歌的影响就更大,当然这也包括了前苏联的诗歌。从总体上看,我们对俄罗斯诗人作品的翻译量还是比较大的。二十世纪三四十年代,中国老一代的作家、翻译家就翻译了很多俄国诗人的作品;一九四九年之后,对前苏联时期重要诗人作品的翻译量也比较可观；二十世纪八十年代以来，俄罗斯白银时代诗歌的翻译在质和量的方面可以说都是空前的，许多重要诗人都有多个译者的多种译本，可以说俄罗斯诗歌，或者说前苏联诗歌对中国诗人的写作是产生了影响的。我记得我们上次闲聊时就谈到了对俄罗斯白银时代这一批诗人的评价，如果我没有记错的话，你对马雅可夫斯基的评价是极高的。毫无疑问，随着时间的推移，今天没有人不承认他是一个大诗人，同时也是一个有着巨大能量，影响过许多诗人写作的诗人。我想听听你对马雅可夫斯基本人及其诗歌是如何评价的。

阿多尼斯：马雅科夫斯基毫无疑问是一个非常重要的现象，而且这个现象的很多方面，今天还没有得到应有的研究。说到马雅科夫斯基，我想举一个例子：大家知道倭马亚王朝是阿拉伯历史上第一个王朝，王朝的第一位哈里发名叫穆阿威叶，那个王朝出现了很多诗人。尽管穆阿威叶也是伟大的政治家，他也成就了一些伟大的功绩，但是我们今天如果要比较一下穆阿威叶和他同时代的诗人的成就,比较一下这些成就的历史意义,我们可以说:穆阿威叶已变成历史的一部分,他的政绩已经被历史超越,而那些诗人却是历史的真正的创造者。因为那些诗人在阿拉伯文明身份的构成方面,做出了比政治家穆阿威叶更为重要的贡献。尽管马雅科夫斯基在某种程度上是革命的牺牲者,但是,他至今仍然活在俄罗斯文明的身份中,为俄罗斯的文明身份赋予了伟大的人道意义。

吉狄马加: 是的,对马雅可夫斯基的评价经历了一个曲折的过程,今天的俄罗斯文学界以及从事俄罗斯近现代文学研究的一些学者,实际上已经给马雅可夫斯基做出了更为公正的评价,这些评价也越来越得到广泛的认同。在这里我还想再问一个我经常会被问到的问题,就是有关诗人写作与母语的关系。在当代世界诗歌史上有这样一种现象,就是有的诗人虽然掌握了几种语言,但他在写诗的时候用的总是自己的母语。是不是有这样的一种情况,就是诗人写作总要回到自己最初的语言中去？我知道阿多尼斯先生法语很好，但你一直在坚持用阿拉伯语写作。同时我还发现，你作为一位具有代表性的阿拉伯诗人，在全世界，当然包括在中国，都具有广泛的影响力，尤其在中国受到欢迎的热烈程度，是许多重要的外国诗人没有过的。我想这也绝不是偶然的。我在读你诗歌的时候，总能感觉到其中有一种东方诗人的气质和精神。首先是有一种特殊的亲近，这种亲近除了诗歌本身的内容以及表达之外，就是能在你的诗歌中找到一种灵魂和心灵的共鸣。可以看出来，你的诗歌既是个体经验的表达，同时也呈现了普遍的人类意识。想再问一下阿多尼斯先生，你是不是也有这样的感觉，你的气质更接近一个东方诗人，或者说，你的作品更容易在东方，在中国找到更多的读者。因为我有不少朋友和认识的诗歌爱好者，他们对你的作品都情有独钟，那种对你作品的由衷喜爱完全是发自内心的。我注意了一下，你的几本中文翻译诗集在中国都有很好的销路，这对于小众的诗歌而言也是不多见的。

阿多尼斯：你对我诗歌的评价让我感到高兴，让我获得了某种自信，我要感谢你。但是，我是否是一个具有东方气质的诗人？我自己也不能确定。有的时候，读者可能比诗人自己更了解诗人。诗人不了解自己，也无法完全了解自己，这可能恰恰是一件好事，如果诗人很明确地了解了自己，他可能会停止写作，因为诗人的身份，就在于通过写作不停地探寻和发现，但是这种探寻必须以非常自然的方式进行，就像花散发香气一样，是一个非常自然的过程。

我还要强调的是，有必要以一种新的眼光去重新看待西方的诗歌。我曾经写过一本书叫做《苏非主义和超现实主义》，是我用新的眼光去看待西方诗歌的一个尝试。在我看来，法国诗歌最伟大的地方就在于它是对西方的革命，就在于它在追求东方性。比如说，兰波的伟大，在于他所有的诗歌都是对法国文化自身发起的一场革命，并表达了对东方的向往。换句话说，西方那些伟大的诗人之所以伟大,恰恰由于他们的诗歌中具有某种东方的气质,或者是东方的特点,歌德、但丁等许多人身上都可以发现这个特点。也可以说,西方诗歌之所以伟大,恰恰在于西方诗歌所包含的东方性。

吉狄马加:是这样的,我想无论是东方的诗人还是西方的诗人,当然最重要的是他们的作品都要反映出诗歌本身达到的水准。其实在文学史上不难发现许多伟大的作家和诗人,他们都是对异质文化吸纳和学习的先行者,除了你刚才说到的歌德、但丁,其实在许多西方诗人身上都表现得非常突出,比如英语诗人庞德,比如法语诗人圣琼佩斯、勒内夏尔以及你的朋友博纳富瓦。在这方面更为令人瞩目的是墨西哥诗人帕斯,他的作品深受中国唐诗、日本俳句以及印度神秘主义诗歌的影响,特别是他后期的诗歌更像是一个东方诗人的作品。当然这方面的例子还很多。

另外,我还有两个小问题也想一并问问你,一个是现在全世界所有的民族都在经历现代化的过程，对传统的保护和现代化进程，其实是一对矛盾，我们一方面要经历现代化，另外一方面又要保留自己的传统，这本身也是一种悖论。今天是一个全球化的世界，不同的文化相互融合也相互消解，文化的同质化是否已经不可避免？你如何看待人类今天共同面临的这样一个问题？

第二个问题是，我们一方面要融入世界性的现代化进程中，同时又要处理好个人文化身份和世界公民的关系，你基本上每年都会去世界上很多地方，你的文化身份让我们知道你是一个真正的阿拉伯民族诗人，但是就世界公民而言，你对世界存在的一切不公正所发出的言论又都是具有全人类性的，作为一个重要的思想家和诗人，你认为今天世界性的现代化进程给我们带来了什么好处？给人类带来的负面影响又是什么？

阿多尼斯： 对于这个问题，不同的社会可能有不同的答案。每个社会都有自己独特的情况，阿拉伯社会的情况和伊朗、中国、印度不一样，所以对这个问题的答案可能也不同。我谈的是我最了解的阿拉伯社会。今天看来，阿拉伯社会只是接受了现代社会的表象，接受了飞机、汽车，还有各种现代科技发明的成果，却拒绝了创造了飞机等现代科技成就的重要的思想原则和理性原则。本质上，阿拉伯社会并没有接受现代性。

吉狄马加： 阿多尼斯先生，你的认识是极为深刻的，真正的现代性应该是思想和价值体系的现代性。正如你所言，一些人仅仅接受了现代性带来的物质上的变化，而不是从精神和思想上接受现代性，他们接受的往往是现代性最表征、最外在的东西，这种现象在全世界都能看到，他们接受飞机、高铁、电脑、手机，接受一切现代化的成果，但是他们的思想和精神或许还停留在中世纪。在世界不少地方，从对待女性的态度上就可以看到这种差异，有的女性完全被剥夺了参与社会活动的权利。你的思考同样给了我一个启发，就是任何民族的传统和文化遗产都不能全盘接收，并不是所有民族的都是世界的，应该是民族的同时是优秀的，才可能是世界的。怎样处理好一个民族经历现代化的过程,我认为对每一个民族都尤为重要。

或许有人会认为,今天的诗人并不处在社会的中心地带,但是客观地说,诗歌并没有丧失它在政治和社会生活中的作用。诗人的写作当然要保留其精神的主体性,但是诗歌的写作是不是依然要处理好诗歌本身与这个社会的关系?因为个体经验与集体经验在任何精神表达中都不会是没有关系的。我历来认为诗歌不仅仅是个人经验的一种表达,更重要的是它还要表现出与其他生命的关系,否则我们的诗歌就很难引起他人心灵的共鸣。这个问题看起来是一个老问题,但是在今天碎片化的生活面前,这似乎也是一个值得被关注的问题,也就是说你写的作品如果不能得到普遍的心灵的认同,其实就很难发挥诗歌在阅读中所产生的作用。当然,这与诗人如何保持自己独立的写作立场无关。诗歌的审美价值是多方面的,但是无法否认,诗歌同样有一种社会价值。这并不是让诗人去为所谓的概念写作,最重要的是，诗歌本身就应该与社会生活发生关系，你的写作就和阿拉伯世界今天的生活有着密切的关系，巴勒斯坦诗人达尔维什更是这样。我并不认为真正的大诗人都是生活在真空中的，其实恰恰相反，他们都是一个时代生活的见证者、参与者和记录者，当然，最重要的是，他们是时代真相最后的揭示者。

阿多尼斯：我对这个问题的回答，还是要回到我们阿拉伯文化传统。我认为，写作、创作意味着两个方面，第一是改变，第二是和他者发生关系。如果没有他者，自我也就失去了意义和价值。他者并不仅仅是自我对话的对象，更是构成自我的不可分的一部分。

另外，诗歌的问题不在于诗歌本身，而来自诗歌之外，来自政治、社会对诗歌的利用。诗歌一旦被人利用，它就完了。政治应该认识到，把诗歌当作工具来利用，不仅有害于诗歌，而且也无益于政治。同时我也要说，伟大的诗歌不可能反对进步，反对人；但是，诗歌如果要解放他人，它自身就必须是自由的。我还要强调的是，今天，当科学、哲学面对诸多危机，没有什么新的思想要表达的时候，诗歌仍有话可说，因为只要死亡和爱存在，诗歌就会存在。

最后，我认为很多人在这个问题上对我有误解。我并不反对宗教，我认为人有权信仰任何宗教，有权决定自己和神灵、幽冥的关系。人有权信仰宗教，也有权不信仰宗教。我们应该尊重人的这些权利。但是当宗教变成了政治的、文化的、社会的，甚至法律的一种机制时，它就变成了对人的自由的侵犯，我反对的是对人的一切侵犯，而不是反对宗教。

吉狄马加：你的这一席谈话对我很有启发，还会给我带来许多新的思考。你的谈话除了表达了一个哲人的思考之外，更令我感动的是，这是一个诗人全部人性的最真实的呈现，从你的谈话中我能感受到你对这个世界的热爱，对人的热爱，对生命的热爱。也因为你的谈话我更加确信，只要有人类存在，有生命存在，有死亡存在，有新的消亡和诞生存在，那么人类的精神创造就会永远继续下去，它将伴随着人类成为一种每天都可触摸的真实的现实。

今天原想是两个小时的交流，没有想到时间已经过去三个小时了。非常感谢你的慷慨、智慧和睿智，尤其要感谢你在这三个小时中给我带来的愉悦和感动。我相信，更多的朋友看到我们今天的对话后都会产生由衷的共鸣，谢谢！

阿多尼斯：感谢你，这都要归功于你。

与拉茨·彼特对话录

余泽民/译

拉茨·彼特: 你的诗歌中最重要的元素是强调你的彝族(诺苏人)归属。到底是什么样的经历,使诺苏人传统成为你诗歌最重要的主题之一?

吉狄马加: 不仅仅是我个人,今天的现代人似乎都处在一种焦虑的状态中,他们和我们都想在精神上实现一种回归,但我们却离我们的精神源头更远了。回去是因为我们无法再回去，回去不是一种姿态，更不是在发表激昂的宣言，而是在追寻一片属于自己的神性的天空。它就如同那曾经存在过的英雄时代，是绵绵不尽的群山和诸神点燃的火焰，虽然时间已经久远，但它仍然留存在一个民族不可磨灭的记忆深处。我感到幸运的是，我还能找到并保有这种归属感，也就是你所说的对彝族（诺苏人）的归属，特别是像我们这样置身于多种文化冲突中的人。我们祖先曾有过的生活方式正在发生剧烈的改变，我的诗歌其实就是在揭示和呈现一个族群的生存境况。当然，诗歌永远不是集体行为，它仍然是我作为诗人最为个体的生命体验。需要强调的是，对任何一个注重传统的诗人，特别是把书写传统作为重要主题的诗人来说，这种传统实际上已经成为一种象征。爱尔兰伟大诗人威廉·巴特勒·叶芝就是一位游走在传统和现代之间的诗歌大师，较之欧洲同时代的其他大诗人，他背靠的是一种更深厚的、唯他独有的文化传统。最让我赞赏的是，他在一八九三年出版的散文集《凯尔特的薄暮》中就把这种神秘的元素和精神体现得淋漓尽致。从某种角度来说,把自己族群的传统作为诗歌的重要主题,我与威廉·巴特勒·叶芝是一样的,或者说在很多时候,我们既是个体的诗人,同时又是一个族群唯一的喉咙。

吉狄马加: 我想问一问在匈牙利诗歌史上,是不是也有不少诗人,他们的写作与自身的民族文化传统有着深刻的联系,从更广阔的政治和文化角度来看,毫无疑问他们就是一个民族的精神符号和代言人,我以为大诗人裴多菲就是这样的人。

拉茨·彼特: 匈牙利人的祖先在一千一百多年前从亚洲迁徙到今天的匈牙利地区。流传至今的最早的一份用匈牙利文撰写的珍贵历史文献,是蒂哈尼教堂的《创建公文》,距今正好一千年。这座教堂您也参观过,坐落在巴拉顿湖畔最美丽的蒂哈尼半岛的山丘上。另外,还有一篇创作于一一九五年的匈牙利语祈祷文,标题是《悼辞》，在二十世纪有三位匈牙利大诗人——尤哈斯·久拉、科斯托拉尼·德热和马洛伊·山多尔——从中得到了创作灵感，以《悼辞》为题写下了名篇，讲述别离或流亡，这很好地表明了诗人与传统的关系。因此可以看出，即便是近现代诗人，也对祖先的匈牙利传统做出了应答。第一首保存至今的匈牙利语诗歌是《古代匈牙利的玛利娅哀歌》，在这篇诗里，耶稣基督的母亲玛利娅为被钉死在十字架上的儿子哭泣。虽然匈牙利第一位大诗人雅努斯·帕诺尼乌斯在十五世纪还用拉丁语写诗，但鲍洛希·巴林特在一百年后已经使用匈牙利语创作。在十九世纪，我们的前人为匈牙利语的法典、戏剧、图书出版而战，裴多菲·山多尔则成为第一位享誉世界的匈牙利语诗人。在他短暂的一生里，无论是写情诗、童话诗，创作反应社会生活的作品，还是作为爱国者为匈牙利人民的自由讴歌，全都留下了不朽的诗作。他始终是自由的象征，没有任何一种文学或政治流派能够把他据为己有。他是真正的天才。

归功于学校教育，我们能够背诵他的许多首诗篇，而且会背诵一辈子，可以这么说，裴多菲和我们生活在一起。今年是比他长寿一些的同时代诗人奥朗尼·亚诺什诞辰二百周年，他也是使用美丽的匈牙利语写作的大家，也是翻译家。

拉茨·彼特：这个神话的特征是什么？谁是这个神话的主人公？发生了什么？从中留下了什么——歌曲、童话、祈祷词？与中国其他更小或更大的原始神话有没有相关？彝语和彝族文化现在是否正在重生？

吉狄马加：彝族不仅仅在中国是一个古老的民族，就是放在世界的历史格局中，它也是十分古老的民族之一。彝族人的创世神话是这个世界上为数不多的记录过万物和宇宙诞生的经典。用已经使用了数千年的彝文所记录的《宇宙人文论》《宇宙生化论》等典籍，让我们能从哲学层面和更广阔的认知领域认识宇宙源流和万物的诞生。不可想象的是，我们的先人所达到的认知和精神的高度，即便在今天看来，在人类历史的长河中都是无与伦比的里程碑。但是毋庸讳言，我们的文明史在发展过程中曾出现过断层，至少在很长一个阶段停滞不前。南美印第安人出现过比我们更严重的情况，好在我们古老的文字一直延续至今，许多重要的哲学和历史典籍被幸运地保存了下来，彝族伟大的创世史诗《勒俄特依》《梅葛》和《阿细的先基》等就是这方面的重要经典。直到今天，还有许多用古彝文书写的珍贵典籍，需要我们有更多的古文字专家加以研究和翻译。可以说这些价值连城的精神和文化遗产，不仅仅属于彝族，而应该属于全人类。彝族是一个诗性的民族、歌谣、童话、故事以及说唱形式的诗歌浩如烟海，每当有婚礼、丧葬以及部族聚会，都能看到各种艺术形式的表演，所有这一切就如同一个又一个的仪式，从这个意义上讲，我们对待生命的诞生和死亡的来临，秉持的都是一种达观、从容的价值取向，而不是用怀疑论者的态度来对待已经发生和将要发生的事情。我们的先辈相信万物有灵,一代又一代的彝族人都崇拜祖先;我们的歌谣和史诗中英雄永远处在中心地位;在一百多年前的凉山彝族聚居区,我们还能看到古希腊部族时代生活的影子。彝族可以说是二十世纪以来世界范围内经历历史变革最为剧烈的民族之一,我一直渴望有一部史诗性的长篇小说来记录这一段刻骨铭心的历史。今天的彝族作家和诗人,在全球化的背景下,其实都在更为自觉地树立和强化一种意识,那就是从我们的文化源头去吸取力量,从而实现我们民族精神文化的又一次复兴。

吉狄马加:据我所知,匈牙利民族一方面承接了欧洲精神文化的影响,另一方面又融合了许多别的文化,尤其是来自东方的游牧文明,特别是大约八三三年,马扎尔人生活在顿河和第聂伯河之间的列维底亚,开始了一段被后来的历史学家众说纷纭的迁徙和征战。总之,我个人认为匈牙利的精神气质既是西方的,同时又是东方的,这种文化和精神特质是否影响了诗人的写作?

拉茨·彼特：从人类学角度说，匈牙利民族是一个非常混杂的民族，其原因有很多。我们的祖先从亚洲迁徙到了现在我们定居的地方，在漫长的迁徙途中，曾跟蒙古人、突厥人、保加利亚人、土耳其人等一起长期生活，相互混杂，最终有八个匈牙利部落抵达了喀尔巴阡山盆地，那时候在这里生活着阿瓦尔人、匈奴人、斯拉夫人。我们的先民本来想继续向西迁徙，然而遇到了更强悍的已经具有国家雏形的西欧民族的阻击，匈牙利军队屡遭挫败。为了能够在这里留下来，我们接受了天主教以巩固中央集权的王国统治。之后的几个世纪，先是蒙古人入侵，后是土耳其人占领，他们都在匈牙利文化中留下了痕迹。在民俗方面，特别是在民间音乐里，可以发现许多来自东方，来自亚洲的影响。从匈牙利人的体型和面容上也可看出多方面的影响。如果我从西欧或北欧回来，我也会意识到，这里人头发的颜色、头颅的形状、体型和体态、五官分布都是那样混杂，说不上谁是典型的匈牙利人。当然，匈牙利民族的特征是有的,然而并不想在这里罗列。在与自己民族有关的问题上,我通常会抱着批评态度,比如说,"缺少理性的决定",我经常从外国学生嘴里听到这样的话,他们把这个看作"匈牙利特征"。对他们来说,这显得很特别也很有趣,不管怎么讲,在他们看来是好的特征。毫无疑问,这种"匈牙利思维方式或世界观"也反映在文学里和诗歌里,无论从哪个角度看,都既不是西方的,也不是东方的,但总而言之,反映在我们最伟大的诗人身上,是粗犷的特质。

拉茨·彼特:你与诺苏人传统的紧密关联,是否影响你对社会、政治的兴趣和观点的形成?在匈牙利,裴多菲和尤若夫·阿蒂拉都注重思考严肃的社会、存在的问题,即便是在他们的抒情诗里也不例外。

吉狄马加:任何一个诗人对社会问题的关注和思考,都不可能与他的文化传统和生活经历没有关系,但我认为这种关联往往是间接的。

诗人政治观点的形成，更多的还是受他所置身的现实社会和人类生存状况的影响。一个真正伟大的诗人不能逍遥于现实之外，他必须时刻思考严肃的社会、存在问题，但他们毕竟不是职业政治家，虽然他们有时候会站在政治和历史潮流的最前面，比如贵国的诗人裴多菲，在争取民族独立和自由的战场上他就是一面鲜艳的旗帜。不仅仅在匈牙利，在二十世纪所有革命诗人中，在面对现实困境和个体生命的激烈碰撞、冲突方面，尤若夫·阿蒂拉都是一个巨大的令人激动的存在。最让人万分钦佩的是他的每一首诗，即便是政治性的诗和社会性的诗都充满着生命的质感，从中可以感受到来自心脏的律动。他的诗歌，不论被翻译成哪一种民族的文字，本身的力量都不会被消解。我无法阅读匈牙利文，但经过汉语的翻译，他带给我的冲击依然是强大的。如果说诗人有不同的类型，我和尤若夫·阿蒂拉毫无疑问是一个家族中的成员。我希望我的诗歌所反映的现实，就是我的民族和我个人所经历的现实和生活，任何时候我都不可能背弃我的民族和人类去写那些无关灵魂和生命痛痒的诗。

吉狄马加：在匈牙利现代诗人中为什么尤若夫·阿蒂拉的先锋精神令人瞩目？就是他那些偏重社会性和政治性的诗歌，也看不出有什么概念化的东西。

拉茨·彼特：尤若夫·阿蒂拉的诗歌非常独特、唯一，但并不是二十世纪匈牙利诗歌中唯一的高峰。特殊的苦难命运、无产者的父母、贫寒、孤独、脆弱的神经系统，这些别的人也会遇到，然而在阿蒂拉身上，它们与高度的敏感和强大的表现力邂逅了。裴多菲从农民的世界，尤若夫·阿蒂拉从城市无产者的生活中获得了具有决定性的重要体验。他的诗歌很难跻身当时日益强大的具有西方色彩的布尔乔亚文学潮流，这一文学潮流恰恰在名为《西方》的杂志中变得羽翼丰满。在匈牙利文学里，包括在二十世纪文学里，始终都有许多种声音，在尤若夫·阿蒂拉之前,奥狄·安德烈(1877～1919)是具有强大预言能力的诗人大公,以完全另类的敏感处理既有布尔乔亚性和宗教性,同时又渎神和世俗的城市题材。他走过更辽阔的世界,尤若夫·阿蒂拉则能够用更结实的绳索吊着自己潜入到灵魂的更深处——然后迷途其中。但是沉郁、悲剧性的世界观和不朽的敏感,两者都是他的特征。迷失,自我牺牲,这或许是他从裴多菲身上学来的。诗人们的预言家角色只是从二十个世纪七十年代开始才变得边缘化,过时。

拉茨·彼特:通过一次诗歌节的机会,我见到了许多中国诗人。诗歌在当下中国的角色和意义是什么?在过去几十年里是否发生了变化?人们是否大量阅读诗歌?抒情诗、散文,还有戏剧在当代中国文学中是"重要"体裁吗?

吉狄马加:这恐怕是一个世界性的话题,中国诗歌所经历的发展和变化与其在世界其他地方所遭遇的情况十分相似,在很长一个阶段经历了别的叙述文体对它的挤压。近几十年来，随着电视、网络的出现，人类的阅读方式也正在发生历史性的改变，这当然是不以人的意志为转移的，尽管如此，诗歌在中国就如同在别的国家一样，从未离开过我们的生活。人类正在经历一个整体的现代化过程，资本和技术逻辑已经将精神空间挤压得微乎其微，物质对人类的异化已经到了水深火热的程度，然而事物的发展总有它的两面性，或者说物极必反，人之所以为人，不可能不需要健康向上的生活，不可能不在一个更高的层面去获取形而上的精神滋养，诗歌作为最古老的艺术形式之一，魅力丝毫未减。前不久从一个调查数据中看到，中国读诗的人开始极速增多，诗集的销售量就是一个重要的标志，一些好的诗集能发行到五千到一万册，许多微信、微博、客户端，当然还有许多网站都在大量地传播诗歌，这说明诗歌的读者已经大大地增多。在这样的时候我想说的是，诗歌的存在永远有其自身的规律，我们永远不能像搞大生产那样去对待和生产诗歌，我们更不能认为人类没有诗歌也能活下去，如果这样，那将是人类的耻辱。

吉狄马加：当下匈牙利诗人的生存状况怎么样？在这次访问中，我特别留意了诗歌的出版情况，看样子诗歌的出版情况与中国还是比较相像的，不同的是中国人口基数大，已经有一定影响的诗人如果有了新的作品，相对来讲还是比较容易出版的。今天的匈牙利文学类出版社给诗集的出版机会多吗？

拉茨·彼特：二十世纪七十年代之前，匈牙利诗歌要比小说更受大众欢迎，后来这种情况发生了改变。过去，一本新的尤若夫·阿蒂拉诗集可以印四至六万册，而且很快卖光。人们注意倾听匈牙利诗人的声音，正如人们所说，诗人们扮演指南针的角色。裴多菲在《致十九世纪的诗人们》一诗中这样写道："在新的时代，上帝把诗人们变成了火柱，让他们率领人民，走向迦南。"然而今天——很幸运——诗人们不再担负这样的使命。但也正因如此,诗集出版不再是一件那么令人关注的事。通常来说,一位诗人的诗集如果能印一千册,那就非常高兴了。正因如此,许多诗人在出版了几本诗集之后,开始写小说,马上就能拥有更多的读者。我为此感到遗憾。读者群变小了,但更加挑剔,更加敏感。不管怎么说,即使在今天,写诗也始终不是一件日常的事情。

拉茨·彼特: 在中国,给我留下印象最深的体验是在场的所有人非常优美、非常动情地齐唱为你的诗词谱写的歌曲。你的诗句易于演唱吗?

吉狄马加: 作为一个中国的彝族诗人,应该说我是幸运的,因为我的许多诗歌都被许多著名的歌手谱写成了歌曲,许多歌曲不仅仅在九百万彝人中传唱,有的甚至传到了更远的地方。在许多彝族人生活的聚居区,他们常常把诗歌谱写成歌曲。可以说,因为歌曲的原因,诗歌的受众被无数倍地扩大了。但是你知道,适合被谱写成歌曲的诗歌还是比较少的，就我的作品而言，大部分并不适合谱写成歌曲。二十世纪西班牙最伟大的诗人之一费德里科·洛尔迦的不少诗歌就被谱写成了谣曲，他有一本诗集就叫《吉卜赛谣曲》，还有一本诗集叫《深歌》，其中大部分诗篇都被后来的音乐人谱成了曲。当然，同样他的许多别的诗歌也不适合谱曲，比如他晚期的诗集《一个诗人在纽约》就很难谱曲传唱。对于一个真正的诗人而言，他的诗歌用音乐的形式被传播，我认为永远是一个副产品。

吉狄马加：在匈牙利是不是也有一些诗人的作品被作曲家谱写成歌曲？在离开布达佩斯时我买了一些匈牙利音乐家的作品，其中也有一两张是现代歌曲，我非常喜欢匈牙利音乐中抒情、辽阔而略带忧伤的情调。

拉茨·彼特：在匈牙利也为诗歌谱曲，尽管这种情况很少。谱曲的诗歌，通常需要押韵，但是匈牙利诗歌开始失去了韵脚。为孩子们写的诗是押韵的，至今如此，因为押韵的诗更容易让孩子们记住。我们有一位很伟大的诗人——沃洛什·山多尔（1913~1989），他有许多诗歌（童谣）被谱成了歌曲，无论成年人还是孩子们都喜欢听，因为他的诗歌语言丰富、多变，并有游戏性趣味。

拉茨·彼特：在中国有没有（是否曾经有过）这样的民歌，其作者并不为人熟悉，而歌词却因这样或那样的歌曲形式存在？很长时间里，没有人把词抄写下来，只是口口相传。

吉狄马加：这样的情况太多了，特别是在中国的西部，有许多经典的民歌，不知道已经传唱了多少年。它们没有词作者，可以说每一代传唱人都在不断地经典化歌词的修辞。中国西部有一种民歌的形式叫"花儿"，就是这样一种被千百年传唱的民歌，其中有许多精粹的、无与伦比的歌词，是今天的诗人挖空心思也很难写出来的，特别是这些歌词和旋律的天成绝配更是让人叹为观止。在我们彝族民歌中也有许多这样伟大的经典作品，例如云南弥渡彝族民歌《小河淌水》以及云南红河的彝族系列民歌"海菜腔"等。当我们今天的诗人面对这些鲜活而富有生命力的经典的时候，我们永远是谦恭的小学生。

吉狄马加：恐怕向民间的诗歌经典学习，是我们这个地球上所有的诗人都应该做的，可以想象得到匈牙利也有许多经典的民歌，作为一个诗人，你能谈谈并让我们分享你向匈牙利经典民歌学习的经历吗？我认为每一个诗人都会有这样的特殊经验。

拉茨·彼特：说老实话，当我读你写的诗歌时，我感到一点点嫉妒，你的诗歌能够那样紧密地与诺苏人的传统相联系。在民间诗歌里，最吸引我的是民歌，尤其是那些最具原生态韵味的民歌。在我的诗歌里，许多匈牙利音乐家，比如说大作曲家巴尔托克·贝拉（1881～1945）的作品——连同民歌的歌词——首先是作为背景出现，但民歌已经不能以直接、有力的方式出现在我的诗歌里。但是即便如此，我也从来没有觉得,这一切对我来说已经消失。

拉茨·彼特: 我的中国之行途中,遇到了许多诗人和杂志编辑,他们使我感觉到了诗歌生活的活跃。不久前我在一份匈牙利杂志上读到了一个关于二十世纪与当代中国文学的专辑,里面也涉及中国诗歌。其中提到"文化大革命"、"朦胧诗"、《今天》杂志和之后的"第三代诗人"。你怎么看这些事件、对诗歌接受的变化和你那一代诗人?你们怎么能够让自己置身于今天的诗歌潮流之中?

吉狄马加: 是的,正如你在中国亲眼看见并在文章中读到的那样,中国当下的诗歌的确十分繁荣活跃,许多地方都有不同形式的诗歌活动,特别是近年来举办国际性的诗歌活动已经成了一种常态。事实上诗歌正在返回公众的视线,阅读诗歌的人也似乎越来越多。兴起于二十世纪七十年代末八十年代初的中国现代诗歌运动,应该说已经经历了若干个发展阶段,每一个阶段都出现过一些诗歌流派和诗歌主张。"朦胧诗"的出现是中国现代诗歌运动中的重要现象，它曾引起过广泛的关注和争论，多年后，今天的中国诗坛以及学术评论界，对其在中国诗歌史上的贡献已经有了比较公允的评价，这其中也包括对那一代一些重要诗人的评价。那一代诗人可以说是反思的一代，他们写作的旺盛期恰逢中国改革开放的前夜，他们诗歌的主题当然会涉及各种各样的内容，有些也涉及了"文革"。需要说明的是有关"文革"的问题。中国执政党曾通过一个重要会议做出过正式决议，认为"文化大革命"是完全错误的。至于评论界口中的"第三代诗人"，也是现在中国诗坛上比较活跃的中坚力量，如果不狭隘地对这一代诗人划定范围，应该说我这个年龄段的重要诗人，都可以被列入这个名单。生活在每一个历史阶段的中国诗人，都不可能置身于现实之外，许多诗人都是这些重大事件和诗歌运动的参与者、实践者和见证者，令人欣慰的是，现在的一些诗歌评论家和文献研究者，已经开始对我们经历的这些重大事件和诗歌运动进行客观理性的研究，我相信下一步会有许多重要的学术研究成果呈现给大家。我历来认为中国现代诗歌的发展，其实就是现代世界性诗歌运动的一个部分，我同样期待着从中外诗歌比较研究的角度，对中国现代诗歌的发展和流变做出另一种纬度的评价，我以为这会进一步扩大研究者和阅读者的视野。

吉狄马加： 在这个对话就要结束时，我想利用这个机会最后再问你一个问题。在巴拉顿湖畔的翻译之家，你已经亲自组织了许多成功的翻译活动，我想有许多经验可以跟我们分享，因为从今年下半年开始，我兼任院长的鲁迅文学院将举办"国际写作计划"，每一次将邀请十余位外国作家、翻译家来该院，每期大概两个半月，你能给我提一些参考和建议吗？

拉茨·彼特： 的确，在我们的翻译之家，十五年里举办了各种各样的研修班，对象首先是文学翻译。但经常也会有作家和诗人前来参加，与文学翻译们面对面地交谈，帮助他们理解作品的原文。当然，如果他们能有除了匈语之外的共同语言进行交流，无疑是件幸运的事。即使没有共同的语言，懂得文学的翻译们也可以参加。有必要特别挑选作家或诗人的作品，因为文学翻译是个性而孤独的创作行为，文学翻译和原作者可以一起就文字的理解进行沟通。有必要为文学翻译们分别组织研修班，文学翻译们可以相互讨论遇到的问题和恰当的译文风格。最好让文学翻译们事先得到将要翻译的文字，在研修班上只讨论问题。在这样的研修班上，我们也经常请来文学家和编辑，他们可以向文学翻译们介绍作家和作品涉及的文学时期（比如，汉学家为中译匈的学员授课，匈学家为匈译中的学员授课），讲述具体或一般性的文化主题。文学翻译们不仅围绕译文进行研讨，而且还作为休息做无拘束的交流，听主题演讲。这样的交流、讨论和主题演讲会对翻译工作有很大帮助。如果请来出版社或文学杂志的编辑，他们会提出许多实用性的建议来帮助文学翻译们的工作。假如作家不自以为比翻译"更聪明",那会是件幸运的事。每次参加活动的人数不能太多,最多六至八人,这样工作起来效果会更加显著。

  2017年5月22日,布达佩斯

图书在版编目（CIP）数据

大河·不朽者 / 吉狄马加著. —济南：山东画报出版社，2019.5（2021.4重印）

（双峰文丛）

ISBN 978-7-5474-2732-3

Ⅰ.①大… Ⅱ.①吉… Ⅲ.①诗集-中国-当代 Ⅳ.①I227

中国版本图书馆CIP数据核字（2019）第038913号

大河·不朽者
吉狄马加 著

丛书策划	李文波
项目统筹	怀志霄
责任编辑	怀志霄
装帧设计	蔡立国
出 版 人	李文波
主管单位	山东出版传媒股份有限公司
出版发行	山东画报出版社
社　　址	济南市市中区英雄山路189号B座　邮编 250002
电　　话	总编室（0531）82098472
	市场部（0531）82098479　82098476（传真）
网　　址	http://www.hbcbs.com.cn
电子信箱	hbcb@sdpress.com.cn
印　　刷	三河市华东印刷有限公司
规　　格	130毫米×185毫米
	5.375印张　24幅图片　82.5千字
版　　次	2019年5月第1版
印　　次	2021年4月第2次印刷
书　　号	ISBN 978-7-5474-2732-3
定　　价	38.00元

如有印装质量问题，请与出版社总编室联系更换。

建议图书分类：文学